바람의 씨앗

황금알 시인선 246
정드리문학 제10집
## 바람의 씨앗

초판발행일 | 2022년 6월 15일

지은이 | 양시연 외
펴낸곳 | 도서출판 황금알
펴낸이 | 金永馥
주간 | 김영탁
편집실장 | 조경숙
표지디자인 | 칼라박스
주소 | 03088 서울시 종로구 이화장2길 29-3, 104호(동숭동)
전화 | 02)2275-9171
팩스 | 02)2275-9172
이메일 | tibet21@hanmail.net
홈페이지 | http://goldegg21.com
출판등록 | 2003년 03월 26일(제300-2003-230호)

값은 뒤표지에 있습니다.

ISBN 979-11-6815-020-1-03810

*이 책은 제주특별자치도와 제주문화재단의 2022년도 제주문화예술지원사업
  후원을 받아 발간되었습니다.

정드리문학 제10집

# 바람의 씨앗

황금알

# | 머리말 |

창립 21주년을 맞은 정드리문학회가

제10집 『바람의 씨앗』을 엮어냅니다.

열 번째 발간의 의미에 걸맞게

여러가지 시도를 해 보았습니다.

역병 도는 이 봄,

이 책이 여러분께

위로가 되었으면 합니다.

정드리문학회 회장 양시연

# 차 례

## 등단회원 특집

## 정지용의 시조

## 제주 동시조

## 『탐라기행한라산』

## 수상 회원 특집

## 편집후기 · 273

# 시인 인터뷰

아직은 더 사무치려네, 애면글면 詩편에나
– 정수자 시인을 만나다

1984년 세종숭모대전 전국시조백일장 장원으로 등단.
『파도의 일과』외 6권의 시집,
『한국 현대시의 고전적 연구』외 『한국현대시인론』공저.
가람시조문학상, 중앙시조대상, 이영도문학상, 한국시조대상 등 수상
현재 오늘의시조시인회의 의장.

# 아직은 더 사무치려네, 애면글면 詩편에나

김영순


그저 걸었는데
길 밖의 길이라니
......

그저 걸었는데…
일곱 번째 시집 『파도의 일과』를 낸 시인의 말이다. 그리고
그 첫 시편이 「서귀」이다. 뒤를 따르는 시편이 「위미동백」「애
월정인」. 하여 그는 제주에 애착이 많음을 미루어 짐작하며―
그러지 않아도 그는 이미 잘나가는(?) 시인이다. 이에 정드리
10집의 시인인터뷰 편에 그를 초대한다.

정수자 시인은 1984년 세종숭모제전 전국시조백일장 장
원으로 등단, 중앙시조대상, 이영도시조문학상, 현대불교문
학상, 한국시조대상, 오늘의시조문학상, 가람문학상 등을
수상하였다. 현재 한국의 대표적인 시조시인이며, 오늘의시
조시인회의 의장을 맡고 있다.
섣부른 인터뷰가 혹 누가 될까 시인의 시편에 오래 젖어

있었다. 몇 권의 시집을 꺼내 다시 필사하며 그저 걸었다는 그 길을 눈으로 따라 걸었다. 묵묵히 아프고 낮고 외진 곳곳을 바라보는 시선은 서늘하고 따스하고 때론 죽비 같다.

안녕하세요? 코로나19로 비대면 수업이 일상화되었지만 요즘 어떻게 지내시는지 근황이 궁금합니다.

정수자(이하 '정') : 비대면 속의 깊은 대면 몇몇 빼면 조용히 지나가는 중입니다. 어쩌다 강의나 회의에서도 비대면의 거리감을 씁쓸히 확인할 뿐. 팬데믹은 지구적 재난이니 공원 걷기 같은 운동이나 더하면서 마스크와 고립을 양식 삼고 있지요. 코로나 후의 세계 진단이 다양하게 나왔지만, 지극히 평범했던 일상이며 그립던 사람이 더 그리워지는 것만은 분명해진 것 같습니다. 곧 일상을 되찾게 된다니 그간 잘 견뎌온 시인들과도 반갑게 만나겠지요. 즐겁게, 새롭게.

시를 써야겠다고 언제부터 꿈을 꾸었을까요? 시조를 쓰게 된 계기는 무엇인지 말씀해주세요.

정 : 시는 써야겠다는 생각보다 그냥 일찍부터 썼어요. 초등학교 때 글짓기대회에서 뽑혀 용인군 대회에 나간 게 쓰기의 시작이랄까요. 초등학교 2학년 때부터 군 대회에 나가 특선이나 가작 등을 했는데, 그때는 상 못 탈까 봐 대회 나가기가 참 싫었어요. 초등 3학년 때 특선 부상으로 받은 책

(『우리들의 글짓기』, 어효선 엮음, 1965)은 제일 귀한 첫 선물로 남아 있지만요. 그 후에도 그저 책이 좋아 교장실 책까지 독차지하고 읽었던 게 지금의 큰 자양이 됐다고 믿고 있습니다.

시조는 샘터와 중앙일보 시조교실에서 시작됐어요. 두 곳의 시조들을 보며 '아직도 시조를 쓰나?' 갸웃거리다 써 보낸 첫 시조가 샘터에 실려 기운을 주더군요. 이후 중앙일보에도 뭔가를 써 보내면 실리고, 그렇게 반복하며 시조에 새미를 붙였지요. '민족'과 '전통' 운운하는 신념의 발현이 아니라 정형에 시상을 다듬어 앉히는 맛이 오히려 새로워서 끌렸다는 게 맞겠죠. 게다가 고전적 감각이나 정감 같은 것들에 정서적으로 더 끌리는 체질도 한몫거든 것 같습니다만.

요즘 시는 필패의 형식이라고 말을 하기도 합니다. 실지로 우리나라 직업군 수입면에서 시인들이 최하위에 자리하고 있더라고요. 말 그대로 시는 밥도 돈도 안 되는 형식입니다. 그럼에도 불구하고 시를 버리지 못하는 시인들. 그럼에도 시에 매진해야 하는 이유가 있다면요?

정 : 본래 '시는 실패'라는 인식 속에서 예술의 정수로 꽃피워 왔지요. 나 자신도 부족한 채로 작품을 보내고 다시 시집을 묶고 그러면서 100% 만족이나 완성도는 없으니 당연히 실패를 되작이곤 하죠. 예술인 중에도 시인은 최하위 수입일 뿐만 아니라 여느 분야보다 이른 사망이 많다고 합니

다. 그럼에도 시인들은 시를 쓸 수밖에 없고, 쓰는 게 곧 사는 일이라, 일종의 시적 자가발전으로 견디는 족속 아닐까 싶네요. 그렇게 시조에서는 더 적은 전업시인 입장이라 이런저런 어려움을 익히 알고 뚫어 왔지만, 그런 '씀'이 또 '삶'을 일으키는 동력이기도 하니 살아내지요.

그런데 시를 버려서 행복하다면 참 간단할 것을, 왜 전전긍긍 애면글면 안달복달 속에 불안과 불만과 불면의 나날을 자청하는지… 시를 사랑하니 못 보내고, 못 보내니 못 떠나서 또 쓰고, 그렇게 가는 거겠지요. 한 편의 시로 누군가의 영혼을 뒤흔들고 생각을 바꾸고 그러는 정도까지는 어려워도, 지리멸렬한 삶이나 세상에 꽃을 얹는 아름다움을 보여주는 시가 계속 나오니 말입니다. 소소한 위로든 치유든 구원이든 간에, 시란 그렇고 그런 우리 일상에서 빛을 찾고 피우고 영혼을 고양하는 인문적 가치를 담보하지요. 돈이 안 되는 쓸모없음으로 더 큰 쓸모를 만드는 시야말로 오래 전부터 인류가 높이 여겨온 예술의 꽃이라 가능한 무구한 일이니까요.

등단 후 중간에 공백이 있다고 들었는데 다시 시조로 돌아오셨습니다. 노가다 수청(?)을 들면서도 시조를 붙잡고 계십니다. 무엇이 놓아주지 않았을까요?

정 : 그 공백은 몇 번 얘기했는데 시인됨의 모자람에서 비롯된 거예요. 퍼내도 새로 솟는 웅숭깊은 우물 같은 시적 자

원이 부족하니 고갈이 두려웠어요. 등단 직후 약간의 조명을 받았는데 그게 사회적 상상력 같은 개성이었거든요. 그런데 잘 쓰는 시인들을 보면 자신이 너무 얕고 짧고 작은 느낌이라 내 안의 장강 같은 공부가 절실했지요. 그런 구실로 한 7년쯤 시조 밖에서 보내다 문득 돌아보니 허탈하기 짝이 없더군요. 마침 아이들 지도하고 있어서 공간이 필요했는데, 나만의 방을 마련해 독립하면서(1994년) 혼자 시간이 많아지자 쓰기 욕망이 꿈틀거렸지요. 다시 쓰기로 돌아와 시조단의 신인으로 시작해야 하는 낯설고 두렵기만 한 중에도 쓰는 자의 자세를 되짚어 나갔습니다. 리셋 같은 다시 쓰기에는 '80년대'의 동인 의식과 연대 그리고 또 다른 시작(『열린시조』 창간)의 힘이 있었어요. 석사로 끝내려던 공부를 박사학위까지 마치게 된 것도 편집기획의 이론적 쓰기를 책임지는 꼭지가 무거웠기 때문이었지요. '잘 쓰지 못하면 안 쓴다'는 나름의 체계 갖추기 담금질과 동인 활동이 글쓰기 근육을 키워준 셈이죠. 여전히 부족함에 숙이며 쓰지만, 가르치며 배우듯 필력도 써야 는다는 생각에 쓰기 노동을 계속합니다.

그리고 한 번 헤어졌던 시조와 다시 만나 지금까지 헤어지지 않는 것은, 다른 것을 더 잘할 역량이 없는 까닭이겠지요. 속으로 독특한 연애소설 하나쯤 꿈꾸던 예전의 욕망이 얼마나 가당찮은지, 뛰어난 소설들을 보면서 풀이 다 죽었거든요. 붓글씨도 마음에 두었다가 조금 써본 정도에 그쳤는데, 시는 언제나 올인을 원하나 웬만큼 해서는 원하는 세계 근처도 못 갑니다. 영감이 아니라 뭔 시상 같은 거라도 준비가 돼 있어야 자취를 남긴다고 믿어요. 그래서 시조가 나를 내치지 않는 한, 결핍과 고독과 절망과 갈망을 어루만지며 계속 같이 가려니 합니다. "시인은 끝까지 가 보는 자"(밀란 쿤데라)라는 말도 있지만, 그런 세계의 끝은 아니라도 내 나름의 끝쯤은 가봐야지요.

동인활동은 어떻게 하셨는지 궁금합니다.

정 : 동인은 〈80년대〉를 같이했는데, 등단 직후 시작했지요. 1985년 한국시조시인협회 여름세미나에 갔는데, 참석자 중 제일 젊은 이지엽 시인과 얘기를 좀 나눴어요. 우리가 20대 끝자락임에도 협회에서 제일 젊은 시인이었으니 시조단에 절실한 젊은 새로운 바람이 돼보자고요. 그때나 지금이나 난 잘 나서지 못하는데 이지엽 시인의 추진력에 따라 동인을 꾸렸습니다. 김종섭, 정공량, 오종문, 황인원 그리고 이지엽, 정수자 6명이 출범을 감행했지요. 광주와 서울, 수원을 오가며 시조 합평과 방향 설정 같은 편집회의를 하고, 첫 동인지 『지금 그리고 여기』(혜진서관, 1986)를 펴냈어요. 이후 부정기적으로 4권을 더 냈습니다.

한동안 쉬다가 발전적 해체를 선언하며 『열린시조』(1996 겨울)라는 문예지로 새로운 출범을 강행했지요. 이때 〈80년대〉 동인들과 〈오류〉의 박기섭, 이정환 시인 그리고 동인 밖의 오승철, 박현덕, 이재창, 이달균 시인들이 각 지역 대표로 뜻을 함께하며 시조 전문지로써의 지향과 가닥을 잡아 갔습니다. 여성은 나 혼자였는데 출범 후 이승은 시인이 같이하며 지역 곳곳을 오가는 편집회의로 즐거운 시간을 보냈지요. 1999년 바닷가 호텔방 하나를 독차지했던 제주도 편집회의가 참 오래 남아 있어요. 『열린시조』는 다시 편집 방향을 바꾸게 돼서 시조와 시를 같이 싣는 『열린시학』으로 '열린' 정신을 펼쳐가고 있으니, 비록 시작은 미미해도 끝은 징대하리라는 안목과 준비가 중요합니다.

올해 오늘의 시조시인회의 의장을 맡으셨습니다. 특별히 다루고 싶은 내용이나 이루고 싶은 사업이 있다면 말씀해주십시오.

정 : 몇 년 전부터 여성회원들의 눈총을 받다 의장을 겨우 맡았습니다. 오늘의시조시인회의에 여성회원이 많은데, 왜 여성의장은 없느냐고 옆구리 찔리면서 역할도 때가 있구나 싶어 궁리하다 그리됐지요. 우리 모임에 특별한 사업도 좋겠지만, 시인 모임 본연의 시적 긴장과 자극으로 시너지를 발휘하는 발전소 역할도 중요하다고 봐요. 시조의 양적 팽창보다 질적 확장이 부족하다는 자성이 여러 번 나왔으니 말입니다. 그래서 더 좋은 작품 쓰기에 힘을 싣는 모임으로 질적 도약을 도모하며 '새롭게&즐겁게' 함께하자고 했습니다. 우리 모임의 일원이라는 사실 자체만으로도 시적 자긍심이 솟는 그런 단체를 이루면 좋겠어요. 더욱이 '현실 중력

에 대한 진지한 탐구가 말소되고, 새로운 세계를 개시하고
자 하는 의지도 증발해버린 문학단체는 여느 사회단체와 다
를 바 없다'는 말이 있듯, 우리 단체의 취지며 방향 그리고
회원들의 마음을 어찌 담아갈지 찾아가려 합니다.

이영도시조문학상 수상소감이 항간에 화젯거리가 됐다는 말
을 들은 적 있습니다. 어떤 일이 있었는지요.

정 : 아 그건 좀 오해가 개입됐지 싶은데요. 실은 이영도
선생님 미모가 워낙 출중하니 그에 못 미치는 저는 그 이름
의 상을 못 받나 그랬다는 내용이었어요. 너무 거창한 신념
이 넘치거나 눈물과 감상이 넘치거나, 그런 수상소감에 거
부감이 좀 있어서 웃음을 살짝 얹으려던 거였는데 누군가는
인상적으로 들었나 봅니다. 그런데 좀 아이러니하달까, 여
성시인의 이름으로 주는 여성시인에게 주는 수상작에 남성
성이 강하게 서렸더라는 말도 있었어요. 당시(2009) 수상작
이 「금강송」인데, 그 후에도 남성(시인)들이 그 작품 세계를
높이 치는 평설과 감상을 꽤 보여줘서 즐거운 후문을 재생
산했지요.

선생님의 대표작은 무엇일까요?

정 : 자신의 대표작을 꼽으라면 정말 궁색해집니다. 나의
대표작은 아직 쓰이지 않은 미래의 작품이라는 답도 하지

요들. 독자가 꼽는 것을 보면, 정수자 시조의 한 정점으로 「금강송」을 많이 추켰는데, 「세한도 시편」 연작이나 「빨치산을 읽는 밤」 혹은 「詩편」을 꼽는 이도 있으니 다 다르네요. 시를 보는 관점이나 취향이 그만큼 다양하기 때문이겠지만요.

십 년 전쯤인가 『시조21』에서 시인들에게 설문조사(2001~2011 발표작 중에서 투표하기)를 했는데 「금강송」이 제일 많은 표(11표)를 받았답니다. 그때 한국의 소나무 애정 역사도 돌아봤지만, 시조시인들이 좋아하는 세계나 경향도 짚어볼 수 있었지요. 그 작품은 개골산(겨울 금강산)에 두 번 다녀와서 얻은 거라 나 자신에게도 각별합니다. 한국의 정신성이며 고전적 미감을 금강송에 담아본 미적 집약이라 더 강렬하게 읽은 감상도 많았나 합니다만.

선생님의 시편에는 역사적인 인물과 사건을 많이 다룹니다. 그래서 선생님의 시편에 들면 가슴 한켠이 서늘해지고 찌릿하고, 아하 하고 수긍을 하기도 하고, 이런 마음은 잊지 않고 간직해야겠다 하는 다짐을 하게도 됩니다. 작품은 어떻게 구상하시는지, 선생님도 하늘이 주시는 작품을 받아적으시는지… 궁금합니다.

정 : 굳이 구분하자면 세상의 그늘에 더 기울이는 편입니다. 역사를 끌어올 때도 현재와 무관치 않게 오늘의 그늘을 반영하는 일종의 그릇으로 삼는 거죠. 특히 더 기울이

고자 한 것은 사회적 소외며 변방에 처한 그늘 속의 약자, 반지하나 바닥으로 캄캄히 밀려나는 삶, 그렇게 더 고프고 아프고 슬프고 외로운 사람살이 등입니다. 그런 세계에 대한 마음을 한편에 두고 있다면, 다른 한편에는 한국적이고 고전미학적인 추구와 욕망이 있습니다. 어떤 정신성의 높이와 깊이를 흠모하는 성향이 상존하는 까닭인 것 같습니다만.

흔히 시조에 비판적인 사람들이 '음풍농월' 운운하며 삶의 도외시를 탓하지만, 고시조도 자연보다 삶을 더 많이 다뤘다는 연구가 있습니다. 하지만 요즘도 현재 이곳의 삶보다 지난 시절의 정서나 감각 혹은 자연에 대한 작품이 더 많아서 시대에 뒤처진 느낌을 재탕하는 거죠. 그런 상투나 답습은 새로움을 먹고 사는 시에서는 치명적인 퇴보인데, 정형이라는 특성이 전위나 전복 같은 첨단의 새로움을 실현하기엔 어려운 면이 있지요. 그럼에도 지금 여기의 새뜻한 감각과 서정을 구하려 애쓰다 보면 오늘을 넘어 계속 유효한 시조가 나오리라 믿습니다. 그런 마음이라도 시적 준비가 안 된 상태에서는 뭐가 오든 그냥 지나가게 마련이죠. 언제 어디서나 받아 적을 마음 갖춤이 시인의 자세라고 하듯, 어떤 시적 상태를 유지할 때 그나마 작품도 쓰게 되는 것 같습니다.

시가 어디서 어떻게 오나 돌아보면, 책을 읽다 어느 단어와 연상 이미지에 활짝 깨거나, 길을 걷다 어느 모서리에서 무엇을 반짝 만나거나, 영화 혹은 전시회에서 뭔가 퍼뜩 치거나, 그런 어느 결에서 시를 얻고는 했네요. 더 많은 것들은 무슨 책이든 읽는 중에 스치는 사유와 이미지의 순간 채집인 듯합니다. '읽지 않으면 쓰지 못한다'고 되뇌는데, 쓰는 자의 길에 선 이상 지당한 노릇이겠죠. 듣는 것 또한 읽는 일이라, 뭇 사물의 속말을 경청하기 위해 자신의 안을 일으키려 하지요. 그렇게 시상이 훅 치거나 퍼뜩 깨거나 언뜻 스치거나, 더 기울여서 받아 적으려고 마음 다잡는 중에 시가 나오고 시조로 다듬어지는 것입니다.

앞으로 작품 활동에 대한 계획이 있다면 말씀해주십시오.

정 : 『문학청춘』의 단수 특집을 하고 보니 단시조만 묶어낼 일이 생길 듯합니다. 전부터 한번은 단시조 묶음을 단아하게 내보리라 했거든요. 쌓아둔 책을 읽어야 하는데 그게 점점 밀려나 큰 숙제예요. 그동안 평론을 비롯해 산문을 꽤 많이 썼지만, 묶을 생각은 없으니 그대로 지나갑니다. 바람이라면 너무 큰 바람 한 편은 그래도 갖고 살지요. 문학판 달구는 시조의 집을 한번 낸다면 얼마나 진진할까, 깊이 눌러둔 속마음을 가끔 돌아보다 한숨을 쉬곤 합니다만.

후배들 특히 젊은 시인들을 각별한 마음으로 응원한다고 들었습니다. 후배에게 당부하고 싶은 것이 있다면 무엇일까요?

정 : 젊은 시인들에게 애정을 더 갖고 응원도 보내는 편이

죠. 그들이 시조의 미래니까요. 요즘도 모임에 나가면 50대가 젊은 축에 드니 젊은 새바람은 여전히 절실합니다. 신중년이 세계적 추세인 데다 지금은 어딜 가나 젊은 노인이 판치는 시대라지만, 시조는 노쇠한 장르라는 선입견 때문에 젊음을 더 귀하게 반기는 듯합니다. 젊은 시인들이 새로운 시조를 개진하며 각자의 미래나 미학으로 진화해가길 바라는 마음이 간절해요. 우리끼리 쓰다 말면 이후의 시조는 더더욱 왜소해지다 스르르 소멸할지도 모르니까요. 문학이 영상에 밀려난 지도 한참이나 지났다는 현재의 문화예술판에 새로운 독자 없는 장르가 살아남기란 힘든 구조입니다. 새로운 젊음의 개진과 돌파 없이 시조의 도약이나 확장은 어려울 듯해 젊음을 더 환대하는 것이지요. 이런 환대가 작품으로 확산하려면 기성시인의 이해와 협조가 필요합니다. 기회를 많이 제공해 우리의 바람 이상의 작품들이 펄펄 살아나며 시조의 예술적 가치를 보여주면 더할 나위 없이 즐거운 일이겠지요.

작년에 낸 『파도의 일과』는 우수출판콘텐츠 선정이 되었는데 축하드립니다. 아픔 고픔 슬픔의 곳곳을 탐하며 시인의 길을 끝까지 가 보려는 선생님을 응원합니다. 죽비 같은 시편들 기대하겠습니다. 고맙습니다.

코로나19로 만남도 어려워 부득이 이메일 인터뷰를 진행하는데, 마침 선생님의 메일주소가 '죽비'이다. 절의 선방에서 졸지 말라고 등을 내리칠 때 쓰는 도구, 하여 잠시 딴 길에 들었어도 죽비소리 들으며 죽비 같은 詩편에 같이 들고자 우리는 동인으로 같이 간다.

오승철

1981년 동아일보 신춘문예 당선
시조집 『길 하나 돌려세우고』 등
osc3849@empas.com

# 떡버들 벙그는 날

산자락 뻗어 내린

마을 하나

섬 하나

꿩소리 숨비소리 한나절을 치대는지

쌍계암 목불마저도

잠시 한눈파는

4월

# 정철 은잔

아무렴, 가락이야 장진주사쯤 뽑아야지
잔술 몇 번 홀짝홀짝
쩨쩨하게 그게 뭔가
대장간 어느 근육에 잔이야 넓히면 되고

임금에게 받았다는 그 잔 보러 청주엘 왔다
얼마나 두들겼으면 사발만큼 커졌을까
밤이면 가장자리에
북두칠성 둘렸으리

4월에 눈 내려도
핑계라면 핑계일 터
저 오름 분화구마저 빈 잔이지 않은가
오늘은 어떠하신가
달 띄우고 오게나

# 머체골 제주참꽃

방선문 '영구춘화'야 소문날 만큼 났지만
한라산 그 반대편
서중천변 숨이들이
봄이면 도둑눈 털고 출몰하는 저걸 어째

저걸 어째 이 사람아, 저 꽃 발톱 저걸 어째
병아리 채어가듯 한 마을 다 채갔나
봉분만 남은 머체골
돌담 올레 저걸 어째

은근한 약불인데
자배봉도 태우려나
그때 그 4월 들녘 섭섭하신 아버지
박달래 오가는 길목 여태 번을 서는가

# 쌍아래아

어느 태권도장 꼬맹이들 기합 소린 듯
송전탑 꼭대기거나 나무도 우듬지쯤
까마귀 산까마귀가
쌍아래아로 소리친다

이요~읍 읍읍읍읍
이요~읍 읍읍읍읍
사람도 까마귀도 제주에선 쌍아래아(..)
바람에 으깨진 소리 '야'와 '요'의 그 사잇소리

그렇게 중세국어 물고 온 까마귀가
정상은 내 차지니라 내뱉는 저 선거판
여봐라
여봐란듯이
이요~읍 읍읍읍읍

# 서귀포

사람보다 서귀포가 그리울 때가 있다
"오 시인, 섶섬바당 노을이 뒈싸졈져"
노 시인 그 한 마디에 한라산을 넘는다

약속은 안했지만, 으레 가는 그 노래방
김 폴폴 돼지 내장
두어 접시 따라 들면
젓가락 장단 없어도 어깨 먼저 들썩인다

'말 죽은 밭'에 들어간 까마귀 각각 대듯
한 곡 더 한 곡만 더
막버스도 놓쳤는데
서귀포 칠십리 밤이 귤빛으로 익는다

문순자

1999년 농민신문 신춘문예 당선

시조집『어쩌다 맑음』등

barang2018@hanmail.net

# 경의선 숲길

여기쯤 내려놓을까
저기쯤 내려놓을까
딸아이 직장 따라 방 얻으러 다니는 길
우연히 홍대입구역, 이쯤에 내려놓을까

경의선 숲길,
서울과 신의주를 오가는 길
간이역 불빛마저 등 돌린 분단의 길
철마의 질주본능도 숨고르기 하는 길

사냥감을 쫓다가 뒤돌아보는 인디언처럼
책거리 땡땡거리 나도 잠시 뒤돌아본다
처얼썩 단풍 물결에
절로 젖는 서울 한 칸

# 성북천

느닷없는 한파에 파도도 얼어붙었다
서울은 어떠냐고 휴대폰 꺼내 든다
딸아이 거친 숨소리,
성북천을 달린단다

그 말을 듣는 순간 내 몸도 뜨거워진다
삼선교에서 청계천까지 왕복 7킬로미터
사십 분 달리고 나면
외려 살 것 같다는

팬데믹 세상 너머 젊음의 해방구처럼
반쯤 언 물속에서 사냥하는 쇠백로처럼
북극발 금속성 한파
콧김으로 녹인다

# 새별오름의 가을


"멜 들었져 멜 들었져"
"오름에 멜 들었져"

와글바글 가을 햇살
파들파들 억새 무리

그물에 걸려든 바다
윤슬로 파닥인다

# 부안 백합죽

수능시험 망쳐도
한 해 농사 망쳐도

더 이상 '죽 쒔다'는 말 함부로 못 하겠네

딱 한 술 넘기는 순간
눈이 번쩍 뜨이네

바둑판의 고수가 바둑알을 굴리듯

한 숟갈 또 한 숟갈 입안에서 굴리네

곰소만 노을도 꿀꺽
흔적 없이 삼키네

# 고냉이찰흙

엔간한 비바람쯤 이골이 난 섬의 서쪽
옹기마을 신평리엔 연못도 항아리 같다
긴 세월 흙 파낸 자리,
고향 하늘 앉은 못물

저들은 제주점토를 고냉이찰흙이라 한다
부뚜막 기웃대다 혼쭐난 들고양이
홧김에 앙갚음하듯 싸지른 똥만 같은

그 흙으로 구웠겠다
잘 여문 이 물허벅
어쩌다 허벅장단 팽강팽강 피어나면
어머니 춤사위 따라 별자리도 휘어졌다

한 번쯤 금이 안 간 청춘이 어딨으랴
잣밤나무 꽃향기 울담을 넘는 봄밤
밤새낭 우리집 주변
아~응 아웅 떠돈다

조영자

2003년 『열린시학』 신인상

nuri6313@hanmail.net

# 강정, 그 이후

그래도 고향이다, 강정은 고향이다
고향은 누구에게나 오월동주吳越同舟 같은 건지
범섬도 돌고래 떼도 비켜 가는 강정 바다

나는 단발머리 중학생 해녀였다
외상으로 들고 온 테왁 하나 둘러매면
마을은 바다 한켠을 나에게 내주었다

야트막한 그 바다 자그마한 숨비소리
서귀포 매일시장 보말 몇 줌 팔고 나면
못 본 척 등을 돌리던 웃드르 출신 어머니

노랑 깃발 태극 깃발 여태껏 펄럭여도
강정천 줄기 따라 은어 떼는 돌아왔다
밤이면 방파제 너머 집어등도 돌아왔다

# 이제는, 꽃

분꽃이 제 몸 사려 꽃잎을 오므릴 때
혼자 된 친정어머니 손톱을 깎고 있다
마당귀 볕살을 바라 실눈을 가만 뜨고

가난으로 범벅이 된 아득도 한 젊은 시절
기제사 스물 몇 번 종가를 받드느라
팽팽한 생의 이랑엔 손톱 자랄 틈도 없던

새벽별 그림자에 푸른 힘줄 세우던 손
끝도 없이 쌓이는 일 손금조차 다 닳았다
아흔 살 기도하는 손, 이제야 피는 꽃잎

# 슬픈 한 끼

한 며칠
가을 햇살에 식당도 익는 걸까

모처럼
만난다는 이 선생과 오 시인

일자리
놓친 세월에 나도 슬쩍 건너는 한 끼

# 노을의 시간

서부두 어물전에 겨울비 빗금친다

반평생 이고 지신 망향의 그 비린내

진도의

어느 부둣가

뱃고동으로 떠돈다


흩어진 여덟 식구 안부라도 챙겨왔나

고샅길 끝머리에 동백꽃이 하염없다

구순의

낡은 집 한 채

꽃노을로 지고 있다

# 복사꽃, 지다

길눈도 어두운데 눈대중으로 마실 가네

유모차와 한 봄 되어 차 구경 사람 구경

담 너머 복사꽃 지네, 늦은 봄날 저물녘


꽃가마 탄 그날 이후 꽃 피던 날 없었어도

복사꽃 지는 그날 훌쩍 떠난 마실길에

어머님 별꽃이 되었네, 하늘 한끝 환하다

강현수

2008년 영주일보 신춘문예 당선

# 어머니의 가을

주인이 떠난 것을 과수원도 아나 보다
해마다 비상품이 상품보다 늘어 간다
이문이 없어도 좋다 출근하던 아버지

아버지 가위소리 어머니 가위소리
작년엔 또각또각 연애질 소리 같았다
그 소리 그리운 건지 가위 놓은 어머니

풍작은 아니어도 평작이 욕심인가
통장으로 처음 들어온 어머니의 성적표
가을은 늘 청맹과니 저 혼자 잘 익는다

# 벌통생각 9

바다 물빛
사납고
겨울 아직
깊은데
돈내코
벌통 밭에
이미 나온
벌 몇 마리
몇 년째
고향을 뜨신
주인을
기다리나

# 벌통생각 10

아버지는 언제나 섬 하나 품으셨다
바람도 울고 가는 섬 하나 품으셨다
누군가 기다리면서
월동하는 섬이 있다

대답하라 10년째 숨어버린 나의 별아
아버지 등짝 같은 삼매봉 남쪽 기슭
오늘 밤 봉침을 꽂듯
내 눈에 와 박히는 별아

# 광안대교

별은 늘 그 자리가 신물이 났던 게다
불침번 이탈하는 한 획의 별똥별처럼
때로는 섬을 벗어나 둥둥 뜨고 싶었다

출장으로 떠밀려온 광안대교 파도 소리
제주상회 간판 걸고 입질하는 뱅에돔
떠나야 느끼는 살맛 뭉클한 내 그리움

밤배, 맞벌이 살림처럼 그렇게 널브러져
고향으로 못 돌아간 잔별들만 발이 묶여
오늘 밤 광안대교에 긴 안부를 전한다

# 거부반응

습관처럼 야근하고
습관처럼 돌아온다
연장 근무하듯
늦은 밥상 또 차리면
고등어
망가진 살 점
생각 하나 침투한다

푸석하고 졸아들고
빛이 다한 물결 한 점
내 몸에 푸들푸들
지느러미 되살아나
밤새껏 너를 벗어날
비상구만 찾는다

# 김영순

2013년 영주일보 신춘문예 당선

시조집 『꽃과 장물아비』 등

didimdol-1004@hanmail.net

## 소리를 보다

수업 중에 자꾸만 걸려오는 어머니 전화
몇 번이나 대답해도 귀가 멀어 막막하고
목소리 크게 내지 못해 나는 또 먹먹하고

보청기 주파수는 어디로 향한 걸까
부재중 문자를 따라 한 달음 달려가면
―일 없다, 밥이나 먹자
이 말 저 말 궁굴리는데

―안 들린다면서요? 지금은 들려요?
저녁밥 먹다 말고 내 얼굴 빤히 보다가
―입 모양 보면 다 알지
순순히 고백하신다

# 꿀 따는 날

때죽나무 숲속에 전쟁이 났나 보다
벌이 훔쳐 온 꿀을 다시 내가 훔치는 날
돌돌돌 자동 채밀기, 전리품을 챙긴다

그런 날은 어찌 알고 외삼촌이 찾아온다
가래떡 몇 줄 사 들고 온 건들건들 저 너스레
첫꿀에 찍어 먹으면 바람기 도진다나

한때는 서울에서 전당포를 했다는,
잊을 만하면 찾아오는, 삼촌삼촌 한량삼촌
외갓집 거덜 내버린
어머니의 푸른 통점

푸른 통점,
벌침 한 방 쏘인 것 같은 그 자리
탈탈 털린 벌장에 벌들이 돌아올 무렵
숲은 또 어루만지듯 꽃불을 켜는 거다

# 어떤 호객

싸락눈이 날리는

크리스마스 선야

마수걸이 못 했는지 군밤 장수 써 붙인 글

'한 봉지 단돈 삼천 원'

'고요한 밤'

'거룩한 밤'

# 목백일홍

그래서

석 달 열흘을 붉은 적 있었다

봉분 너머 또 봉분 거느리는 목백일홍

한여름 시간차 공격

속수무책 당할 뿐

# 살구나무

그래도 그리운 건,
눈썹 끝에 걸린 속세
민오름 자락에 세를 든 비구니 절
가끔씩 한눈을 팔듯 가지 뻗는 나무가 있다

그중에 살구나무 살금살금 돌담에 기대
'어디로 통화할까 그 사람은 누구일까'
'도대체 무슨 이유로 집을 뛰쳐나왔을까'

해마다 웃자란 생각 가지치기 해봐도
그럴수록 부르고픈 이름이라도 있는 건지
설익은 살구 몇 알을
세상에 툭, 내린다

안창흡

2014년 『시와문화』 신인상

rijin88@naver.com

# 구름이 하늘 더러 1

― 화가 강요배 선생의 화제畫題에 부쳐

깊고 푸른
하늘빛
뭉게구름
피어난다

불현듯
구름 한 점
하늘 향해
손 모으고

유유히
흘러가는 길
기도하는
구도자

# 구름이 하늘 더러 2

진실로
진실로
구름이고
싶었다

무념무상
자유자재
한라산
구름이고자

구세사
풀어내듯이
하늘에 뜬
십자가

# 곤걸랑 들어보라
— 해녀 1


흔 질 두 질
짚은 바당
물숨 욕심
저싱질이여

숨 보땅
와랑와랑
물 바깟듸
나오민

호오이
숨비질소리
범섬도
호오이

우리 어멍
살아실적

곤곡 곤곡

ㅎ던 말 싯주

느네랑
물질 말앙
대처 나강
살아얀다 이

하간거
몬몬 배우멍
사름ㄱ치
살아사주

# 곤걸랑 들어보라
— 해녀 2


캉캉 부는
저슬ᄇᄅᆷ
물쏘곱사
천국이주

메역광
구젱기에
생복이영
뭉게ᄭ지

망사리
ᄀ득ᄒ여사
ᄒ릇 일
ᄆ깟주

ᄀᆺ좀녀
중군 상군
불턱에
모다앉앙

서방 자랑
새끼 자랑
메누리 씨어멍
숭 보기

혼바탕
터지는 웃음
더운 불꽃
피왔주기

# ᄀᆞᆫ걸랑 들어보라
― 해녀 3


ᄀᆞᆺ바당
메와지곡
ᄎᆞ인 물
ᄂᆞ려오란

개딲이
ᄒᆞ당 보민
우미 톨도
옛말이라

딲아도
번찍ᄒᆞᆫ 갯ᄀᆞᆺ
어떵 ᄒᆞ느니
심 내사주

지락지락
지끅ᄒᆞ던
오분제긴
어디 감광

64

슬피고
헤집어도
빈 바당
아끄와라

가베운
망사리 질멍
무음끄지
허虛ᄒ주게

이명숙

2014년 영주일보 신춘문예 당선
2014년 『시조시학』 등단
2019년 『문학청춘』 시 등단
2019년 『한국동시조』 신인상
시조집 『썩을』 외
lms02010@hanmail.net

# 너란 봄

사랑을 입에 달고 살기 어디 쉬운가

웃음을 입술 끝에 두기 어디 쉬운가

겨우내 졸인 눈물로 피워야 할 꽃인걸

# 여분의 하루를 살았다

꽃은 꽃을 버렸다
그녀 빛을 잃었다

파문된 안개처럼 습한
침 튀는 오늘

실연 후
잉태한 아이 흘려버리고 실성한


흰 기척 따라 머리 조아리는 이 층 여자
종일 적막이 환한 빈집을 중얼중얼
한겨울 치매 환자처럼 검게 질린 섬이 된


상상은 전설처럼
스메랄도 꽃을 피웠다

슬픔을 삼킨 사랑

전하지 못한 진심
너라서

여분의 하루 참아내며 지우며

# 산국

시커먼 말풍선에 얼붙은 상강이다

다정도 돌아선 날 혀에 피는 소름꽃
비대면 이리도 매워 눈물처럼 투명한

타다만 촛불 같은 미련에 싹이 난 듯 순수와 순진 사이
느닷없이 찾아와
노랗게 웃는 얼굴로 안아주던 한 사람

좋은 세상 버리고 심장을 닫은 지금
어느 언저리에서 수줍은 꽃 피울까

잊힐 듯 잊히지 않아 내 안 가득 피는 꽃

# 영혼의 모서리 상상하기


가슴과 가슴 사이 추방된 바람의 씨
명치 아래
구어박은 꽃잠의 악보 속에서


한봄의 꽃으로 피어 노래하는 이 있어


회색 병동 건너온 막차를 타는 연애
발목에 질끈 묶인 마음 한 잎 또 한 잎
심장의 가면을 찢어 계속되는 공회전


따뜻한 비를 뭉쳐 슬픈 이 노래 끝내 주
소낙비에 떠가도
그대 에우로스Euros*여


지워진 숨과 숨 사이 바람 한 송이 피워 주


* 따뜻함과 비를 가져오는 바람신.

# 지옥의 묵시록*

1

햇살론 오독하고 매일매일 눈설레, 하루 끝머리에선
죽음을 경매하네

비상이 비상을 걸어 사람들을 지우네


2

병든 꽃에 흐르는 봄, 다시 실패하고 밤새 폭설에 갇힌
청춘의 가장자리

타락한 천사가 되어 생과 사를 저울질


3

벼락 맞은 이 세계 서글픈 돌연 변종, 어슬녘 침방울은
즉흥곡을 부르네

이성이 이사 간 계절 독한 침묵 터치네

* 미국 영화

# 김양희

2016년 『시조시학』 등단
2018년 『푸른동시놀이터』 동시조 추천완료
시조집 『넌 무작정 온다』 외
hope-hi@hanmail.net

# 묘미

나로 살고 있을까
역할로 사는 걸까

결명자 애를 녹여 명주에 물들이며

다 좋다
바라던 색이어도
의외의 색이어도

# 만두를 빚으며

만두의 최선은
입술 꽉 다무는 것

바늘만 한 구멍도
치사량의 무관심

들끓는
물고문에 져
허위 자백하지 마

# 말끈이나마

마당에 토란 심으며 어머니와 약속한다
토란꽃이 피면 꽃 보러 꼭 와야 해요
그래라 다른 건 몰라도
꽃이 날 부르는데

어머니는 알고 있다 불러도 못 온다는 걸
토란꽃도 안다 혼자 피고 져야 할걸
알면서 꽃을 보자고
말끈이나마 꼭 쥔다

# 사람이라고 똑같이 살지 않아

캐나다 인디언 윈다트 부족 사내들은
사냥감을 죽이기 전 왜 죽이려는지 고해
논리는 기막히지만 아름다운 믿음이지

짐승 잡아먹을 사람이 누구인지
죽이지 않으면 어떤 어려움을 겪는지
소리쳐 부르짖으며 방아쇠를 당기지

고기와 가죽이 꼭 필요한 까닭 알면
목숨을 너그럽게 내놓을 걸 믿고 있어
나 오늘 이 대목 접어 마음에 꽂아두겠어

# 디스크 탈출

난 요 며칠 동안 고장 난 오디오예요
탈출한 디스크 신경 줄 긁는 소음에
잔잔한 봄의 스프링 어슬렁거리고만 있죠

보조기억 장치요? 주기억 장치예요
불안정한 환경을 감지한 하드 디스크
정지는 생활도미노를 가차 없이 걷어찼죠

그랭이 공법으로 정밀하게 건축한
구조물 척추에 디스크가 핵이에요
여태껏 엄마 작품을 갉아 먹으며 왔네요

오창래

2016년『시조시학』신인상
시조집『국자로 긁다』외
sonang1574@hanmail.net

# 섬에서 섬을 보다

삐딱하게 돌아앉은 저 섬 여서도를 보라
그곳에선 몇 가구의 생활 터전인지 몰라
동경심 떠 흐르는 섬 탐방기회 있을까

이와 같이 맑은 날에 더 가까이 보일 때는
망설임만 하지 말고 저 섬 한 번 찾았으면
그때다, 갈매기 하나 솟구치며 손짓하고

로프쯤 동여맨 후 당겨볼 순 없을까
조금씩 더 조금씩 손 닿을 듯 다가앉는
오늘은 이쯤에 두고 바라보면 좋겠다

# 지진, 그 놀라운 이름

한 세상 살다 보니 삼다도에 웬 지진이
세탁기 탈수하듯 한순간의 흔들림에
코로나 그것보다 더 공포로 몰아넣던

서귀포 인근 해상이라 나는 감지 못했을까
티브이 뉴스 보고 미풍 한 번 날렸지만
어쩌리, 큰 피해 없어 다행이라 생각하다가

앞으로 여진일랑 발생치 말았으면
환상의 섬 제주에서 우째 다 이런 일로
체면을 구겨 넣는지 파도가 다 일그러진다

# 어떤 화음

파도가 내 집 마당까지 밀려드는 소리같이
현관 앞 松 분재 위로 물새 하나 앉는 것 같이
요즈음 대선 얼기에 잠을 심한 루머같이

사철을 끊임없이 톤으로 온 귀뚜리 악보
곡조 따라 떨며 오는 저 음률과도 같이
오늘은 나마저 *혼듸 불러보는 봄 처녀

# 그때였으면

세월의 흐름이란 별똥별과 흡사하다
어쩌면 이 순간이 그때 그 아이였으면
오늘은 아침 햇살로 내 유년을 탐색한다

눈감은 채 두 팔 벌린 나의 집 마당에서
빙빙 돌다 앉고 보면 사방이 다 휘휘 돌던
이제는 되찾고 싶은 그때 그 아이였으면

그래서 더 그런 걸까 이 아침 창밖에는
찔끔거린 가랑비가 마당을 적시며 간 후
내 가슴 한편으로는 무지개 떠 비친다

# 고적함에 사표 쓰다

나를 우째 지금까지 홀아방이라 했던 걸까
평소 나의 이 공간이 부끄럽지 않은 바다
심야에 일그러지는 저 모습을 둘러멘다

터벅이듯 걸어가며 이 밤에 향한 곳은
팔각정 공간 하나 기다리는 방파제에서
저걸 휙 바닷속으로 함몰시켜 버린 후에

가슴 한번 쓸어내며 이젠 다른 길을 가려
그렇게 귀가한 후 입술 꼭 깨물어본다
다시는 외롭다 말자 혼자라도 떨지 말자

고해자

2008년 영주일보 신춘문예 수필 당선

2018년 『시조시학』 신인상

gujelcho@hanmail.net

# 세종호수 징검돌
— 여섯 살이 사는 법


손자의 외가에서 늘 봐주던 오후 나절
사돈님 입원하자 내 몫이 된 돌봄 시간
여섯 살 남자아이가 작전개시 왕따행


겨울날 추운 오후 나선 발치 세종호수
퀵보드 타고 갈 길 바람몰이 손자 녀석
급경사 긴 내리막길 같이 가길 다짐받는다


출발 후 언제 그랬나 내빼듯 쏜살같이
할머니 미아되길, 뜀박질 더 바빴을까
태연히 굴다리 아래 징검돌을 오간다

# 어떤 보폭
― 피쉬본


고기가시 같아보여 '피쉬본' 부른 걸까
볼수록 앙징스레 허리춤에 산 하나씩
번갈아 경쟁하듯이  초록 계단 내밀지

지칠 줄 모르는 저 오르막길 탐사군단
오른쪽 탑은 6층, 왼쪽 탑은 7층 두어
누구도 뛸 당번 선수 알아채고 말겠네

터 잡은 부엌 창가 비좁아질 그 날까지
릴레이 보폭 속도 승승장구 응원할게
조금도 지치지 말고 웃으면서 가자꾸나

# 엉거주춤 노거수

— 팽나무

아랫동네 옛 골목길 조금만 돌아들면
이끼 낀 돌담 근처 가빠지는 들숨날숨
삼거리 이정표처럼 약속인양 지킨 터

맴돌듯 앉은 자리 동네의 쉼팡으로
왼팔도 내어주고 오른팔도 다 내줬듯
젊은 날 주마등처럼 스쳐 가듯 아닌 듯

묵묵히 숙제하듯 한세월 헤다헤다 어디서 놓쳤는지 나이
마저 묻지 마라
가만히 눈빛 맞추자 굽어보다 되묻네

# 수평선

우리는 누군가를
닮아가려 애쓴다
한없이 키 맞추려
키 재는 수평선처럼
손으로
맞잡지 못해
마음 다해 가닿지

# 이끼 바위

가막샘터 하류쯤 너럭바위 그 언저리
바닷물 또는 빗물 날아든 정한수여
움푹 팬 한가운데로 깃든 젖은 거울아

하늘도 들여놓고 오가는 새들까지
제 얼굴 비춰 보고 목 또한 축이도록
급할 것 하나도 없는 일번지 터 수문장

윤행순

1996년 『문학공간』 수필 등단
2018년 『시조시학』 신인상
수필집 『하얀 스웨터』 외
soon3100@hanmail.net

# 내일은

한 달에 서너 차례 서울 하늘 오간다
어차피 또 내일은 나에게 호사스럽다
한 시간 또 한 시간이 배급처럼 고맙다

# 안세미오름

길 따라 능선 따라 싸락눈 싸락싸락
가는 이 오는 이 없는 깊숙한 안세미오름
쉼팡이 따로 있는가 쉬는 곳이 쉼팡이다

산다는 건 하루하루 목숨 동냥 하는 일
첫 비행기 막 비행기 하늘까지 전세 놓고
오늘도 겨울 수치가 내려가길 기도한다

# 이방인

시 한 줄 못 썼는데 은행잎만 지고 있다
한 줄 시 못 그리는데 들것만 자꾸 온다
30년 간호사 면허증 내 것이 아닌 것 같다

# 우도 봄바다

우도 봄바다가 윤슬로 울 때 있다
단 한번 본적 없는 상군해녀 내 고모
육지로 물질을 가도 숨비소리 남아 있다

한반도 해안선 따라 다닥다닥 붙은 해녀
저승에서 벌어서 이승에서 쓴다는
그렇게 댓 마지기 땅 넘실넘실 우도 땅콩

원정물질 끝내고 언제쯤 돌아오려나
오늘은 일곱물이라 바릇잡이 좋은 날
물결이 돌아든 섬에 고모님 불러본다

# 웬수

눈을 떠도 저 웬수 눈 감아도 이 웬수
정년퇴직하고 나자 잔소리만 더 늘었다
저 애증 골이 깊어도 햇살에 눈 부시다

양시연

2019년 『문학청춘』 신인상

sign7@hanmail.net

# 손지오름 양지꽃

아장아장 손지오름
옹알옹알 솜양지꽃

눈 녹은 그 자리에
갓난쟁이 다녀갔나

손말로
못다 한 고백
빛깔로나 하나 보다

# 기울기

누가 비튼 걸까
아니면 비틀린 걸까
모처럼 고향에 와 눈향나무 바라본다
어릴 적 내 치맛자락도 슬쩍 걷던 저 가지

반쯤은 앉은 채로 반쯤은 누운 채로
벌써 서너 달째
어머니도 기울어간다
베개 밑 지폐마저도 아무 소용 없어간다

이순을 갓 넘으니 무슨 내력 있는 건지
자꾸 고향으로
내 몸도 기울어간다
언제나 23.5° 그대에게 기울 듯이

# 이어도 피에타

간만에 식구들이 둘러앉은 저녁상
여름휴가 온 아이들, 풋고추도 서너 개
어머니 앉던 그 사리 어느새 내가 앉아

그때 마침 TV 뉴스, 고래고래 남방돌고래
죽은 새끼 가슴에나 바다에나 묻어야지
허기는 아랑곳없이 몇 달째 안듯 업듯

어머니의 태왁도 저렇게 둥실댔겠지
한평생 둥실둥실 이어도 이어도사나
저녁상 물린 자리에 혼자 앉은 숨비소리

# 묵주알 봄

우연인지 필연인지 인연의 땅이 있다
풍랑 속 라파엘호 흘러든 것도 그렇고
절부암 절부 고씨의 사랑 또한 그렇다

할머니와 할아버지, 어머니와 아버지
한 세기 굽이돌아 터를 잡은 봄날이
기어이 내 첫울음도 받아냈던 것이다

어느 날 내 인연을 가로지른 아스팔트
바다와 포구 사이 그리움도 끊겼으리
팽나무 목매단 봄이 묵주 알을 굴린다

# 따라비 물봉선

따라비 가는 길은 묵언정진 길이다
그것도 가을 하늘 단청 펼친 오름 앞에
어디에 숨어있었나, 놀래키는 물봉선

그래 저 떼쟁이 예닐곱 살 떼쟁이야
선천성 농아지만 그래도 소리는 남아
어마아, 어마 어마아 그때 그 소리는 남아

그때 그 소리만 붉디붉은 꽃으로 피어
꽃을 떠받치는 저 조막만 한 하얀 손
나에게 손말을 거네. 어마아 어마어마

오순금

2021 『시조시학』 신인상

nora5757@naver.com

# 하필이면

하필이면 커피에 하트를 띄웠을까
반지나 목걸이를 그려주면 안 되나?
이끌려 들어선 찻집
끼니 같은 커피 값

# 어머니

꽃향기는 바람을 이겨내지 못한다
아니, 이길 생각 아예 없는 것이다
초가을 잠자리처럼
비잉빙 돌고 돈다

# 산울림

때로는 한라산이
그림처럼 보인다

조랑말도 골짜기도
그곳으로 들어가

온종일
산울림으로
화합을 하나 보다

# 손자 녀석

세 살짜리 손자가
"하니!"하고
달려온다

명절에 와 머물다가
돌아가는 손자 녀석

"하니이!" 발버둥 치며
메아리만 놓고 간다

# 겨울 아침

오늘은 더 춥습니다
커피 한 잔 놓고 갑니다

한 스푼 설탕을 치듯
내 맘은 덤입니다

뭣 땜에 그러냐구요?
그건, 일급비밀입니다

오은기

2021년 『문학청춘』 신인상
ohg4212@hanmail.net

# 가시리

사월이면 가시리
가시리 가야 하리
너랑 유채꽃을 보고 싶어 또 왔는데
기어이 트랙터 삽날 갈아엎는 이 봄날

역병이 창궐한다고 꽃마저 갈아엎다니
딸과의 그 약속은 누가 갈아엎었을까
가시리 빙빙 돌아도
혜림아 너 어딨니

서너 끼쯤 건너도 배고픈 줄 모르겠다
하늘 아래 메아리로 둥둥 뜬 저 꽃 무덤
꿔엉꿩 갑마장길을
혼자 도는 가시리

# 아네모네 바람꽃

한 사발 꽃차 보내듯 메시지 보내 왔네
'내 생일 삼월인데 유월에 생일 축하?'
새하얀 그 거짓말을 꽃차처럼 받았네

아네모네, 아네모네 나도 날 아네 모르네
휴대폰 속 그 여자의 닉네임도 아네모네
단 한 번 사랑이라더니
덧없는 말이었나

한때는 나를 홀려 세상이 나를 홀려
내 남편 모르겠네, 진짜 남의 편만 같네
지금은 그 꽃의 시간
아네모네 바람꽃

# 백구두

만국기가 많은가 사람이 더 많은가
오늘은 운동회 날 까치 소리 요란하다
삼나무 가지 끝에서 뜨는 해도 홍시 같다

대체 누가 알렸는지 서귀포 외삼촌도
중절모 백구두 신고 슬그머니 오셨다
어이구 저 모냥새 하곤 눈 흘기는 어머니

그러거나 말거나 지폐 몇 장 쥐여주고
떼먹은 곗돈만 같이 내빼는 저 백구두
저 화상 저 화상하며 등 돌리는 가을 해

# 수국꽃길

지귀도와 자배봉 사이
길 하나 달려간다
어느 여름 새벽을 총총총 총총총총
그렇게 다급했는지 별이 졌다 이 땅에

수북수북 수국꽃 길 바퀴자국 선명한 길
성경책 몇 구절을 바람이 훑고 간다
아니야, 아니야란 말만
되뇌인다 내 딸아

아무 말 하지 마라
나도 말을 안 하마
배앵뱅뱅 잠자리 돌아봐도 그 자리
한 하늘 색깔로 울던 너를 꺼내 날린다

# 일발장전


무슨 심술인지 며느리만 찾아오면

간병인 만류에도
"똥 싼다아"
"똥 쌀거야"

병상에 거총 자세로
손가락 겨누는 할망

이미순

2021년 『시조시학』 신인상

leemeesoon@naver.com

# 무싱거?

무싱거?
'농약'이라 찍혀야 돈 된다고!
고사리철 한 번 감귤따기 전 또 한 번
위미리 부녀회 회원들 새벽부터 출동한다

세천다리 명치동산 온 동네 감귤밭 돌면
농약병 농약봉지 비료포대 기계유제통
트럭엔 만선의 깃발 꽂을 틈도 없겠다

마당 쓸고 돈 줍듯, 도랑 치고 가재 잡듯
이제 보니 경로잔치는 애들이 차린 거네
회관 앞 | 농약병 수거 |
현수막 펄럭인다

# 참깨꽃 택배

가야지 가봐야지 몇 년째 별렀는데
섬에 산단 핑계로
올해도 또 못 갔네
오늘은 어머니 생신
내가 선물 받아드네

이 골 저 골 방물장수
마흔에 산 자갈밭
산골짝 비틀비틀 논틀밭틀 그 길마저
참깨꽃 어정칠월에
어정어정 피었을라

산새 소리 백구 소리 그리고 냇물 소리
그 소리 빨아 짜낸 이 홉들이 참기름
덤으로 신문에 실린
고향 소식 받아드네

# 한 바가지 동박새 소리

토종 동백 수백 그루 다투어 불을 켠다
동백낭강알 밀감 창고 어찌어찌 고쳐서
상호도 그럴싸하게
〈한라앤탐〉 밥집 차렸다

문 열자 동박새 소리 한 바가지 들어온 날
단체 예약 취소하고 도시락 싸 달랜다
위미리 용심난 바다도 지지고 볶아낸다

저 진상 저 진상하며 썰까지 풀었는데
어머니 손맛 같다며 다시 찾아온 손님
그 말이 공치사래도
나는 좋다 사람아

# 며느리밥풀꽃

아침부터 카톡카톡 시누이 카톡카톡
여태껏 우리 어멍 효도 관광 못 해봤다며
한사코 오늘 밤에는 끝장을 내자 한다

끝장을 내자 한다 할머니 첫 제삿날
초저녁부터 술상을 받아 앉은 가족회의
남편은 하는 말 족족 자살골만 넣는다

강릉 가자 태국 가자 법어작작 난상토론
섬 밖에 못 나가본 영정 속 저 할망도
눈살을 찌푸리신다 싸락눈빨 뿌리신다

# 철이른 꽃이 지다

오래 살다 보니 기계가 말을 한다

상품이나 비상품은 그 한마디에 달렸다

한라봉 반자동 선별기 6단 7단 삑 소리까지


살아온 무게 따라 사람들은 가는 거다

가위에 찔렸는지 꼭지에 찔렸는지

내 조카 가슴 한쪽도 곰팡이 꽃 피어났지


가지 하나에 꽃 하나 잘도 솎아내더니만

제 맘속 꽃숭어린 왜 보지 못했을까

수취인 수취인 부재 오늘 더 보고 싶다

장재원

jjw7701@hanmail.net

# 산방산

어느 천년 사찰이 저기 걸어 놨을까
사계에서 바라봐도
동광에서 바라봐도
막사발 엎어 놓듯이 엎어 놓은 저 범종

화순리 내 고향도 저녁예불 올리는지
이따금 바람도 둥둥
노을빛 하늘도 둥둥
아버지 떠나실 때도 저렇게 울렸을까

바통 이어받듯 아버지 닮은 형님
대물림한 이발소 마지막 문 닫는 날
범종을 가슴에 안고 혼자 우는 사내가 있다

# 골갱이로 그리다

어느새 내 이모도
골갱이 닮아간다
오전엔 콩밭으로 오후에는 바다로
산방산 노을을 풀고 온몸으로 그린 그림

그냥 가지, 그냥 가지
4.3아, 그냥 가지
한 생애 가파도를 업고 안고 살았어도
때로는 밭갈쇠 소리 이랑이랑 묻었다

칠월 한때 콩꽃은
꽃이나 실컷 피우지만
이 세상 꽃 한 송이 피웠는지 못 피웠는지
이제는 누구 밭인가
내 이모의 명화 한 폭

# 어느 동굴


잔술 몇 잔에도 그 발길은 홀린다
제삿집 제삿집 가듯 그 동굴에 홀린다
화순리 어느 곶자왈 그 동굴에 홀린다

밤엔 산, 낮엔 바다,
내 편인가, 네 편인가
'내가 어찌 빨갱이냐?' 숨어든 4.3 동굴
없는 죄 내가 만들고 내가 갇힌 내 청춘

그 이듬해 그 집에 고고의 성 울렸다
메께라*, 그 와중에 서로 살은 붙였다고?
그랬다, 그 누가 먼저 밤이슬 맞았을까

'내가 빨갱이라고?'
'내가 어찌 빨갱이냐?'
저 혼자 입버릇처럼 중얼대는 그 삼촌
군산에 봄은 오는데 언제쯤 돌아올까


* 감탄사, '아이고, 어머나'와 비슷한 뜻을 가진 제주 여성들의 전용어

# 등단회원 특집

# 제주 돌담

오순금

더러는 냇길 따라

또 더러는 능선 따라

구불구불 흘러든 어머니 오장육부

밭마다

무덤이 앉은 흑룡만리 사랑아

# 비유의 참신함과 현대시조의 가능성

박현덕 · 황치복

2021년 『시조시학』 가을호의 신인상으로는 오순금 시인과 노태연 시인을 선정하게 되었다. 두 시인은 절차탁마의 과정을 거쳐 언어의 경제성을 실현하고 있을 뿐만 아니라 여백이 공간을 최대화함으로써 시조의 공간을 확장하고 있을 뿐만 아니라 그윽하고 웅숭깊은 정취를 자아내고 있다. 특히 은유를 활용한 비유의 참신함은 시조가 현대시의 엄연한 분과임을 분명히 하고 있다.

오순금 시인은 「제주돌담」 「어머니」 「산울림」 등의 단시조를 선보이고 있는데, 한결같이 응축과 절제의 시조미학이 잘 발현되고 있다. 「제주돌담」이라는 작품은 화산회토라는 제주토양에 특유한 입자들을 막기 위해서 밭둑에 쌓아둔 밭담인 흑룡만리黑龍萬里를 "구불구불 흘러든 어머니 오장육부"라고 비유하면서 밭을 어머니의 육신으로 변모시키고 있는데, 은유의 참신함이 빛을 발하고 있다. 「어머니」라는 작품 또한 "바람을 이겨내지 내지 못하는" "꽃향기"를 어머니에 대한 매재妹財(vehicle)로 활용함으로써 어머니의 연약하지만 훈훈하며, 은은하지만 주변을 향기롭게 하는 속성을 돋보이게 하고 있다. 특히 "초가을 잠자리처럼/ 비잉빙 돌고 돈다"는 비유는 어머니가 간직한 어떤 그리운 대상에 대한 애틋하고 안타까운 심정을 환기하기까지 한다. 절묘한 비유가 아닐 수 없다. 「산울림」이라는 작품은 제주도의 한라산을 형상화하고 있는데 "조랑말도 골짜기도/ 그곳으로 들어가// 온종일/ 산울림으로/ 화답을 하나 보다"라는 표현을 통해 한라산을 모든 자연물들이 서로 교감하고 공감하는 무릉도원과 같은 공간으로 변모시키고 있다. 단시조만으로 이처럼 그윽한 시조의 공간을 창출할 수 있는 능력이 신인으로서는 비범하다고 판단된다.

・당선소감・

## 사람 냄새 나는 시조를 쓰고 싶다

과수원에 몇 차례 와 본 적은 있지만, 농부의 옷차림을 하고 나선 걸음은 오늘이 처음이다. 남편은 농약을 치고 나는 호수 줄을 잡았다. 한여름 찌는 날씨에 간혹 날아드는 물비늘이 성가시다. 40년 일자리를 그만두고 사회에 나오니 모든 게 다 초보다. 초짜 농부의 하는 일을 곁눈질로 지켜보는 남편의 입가에 슬쩍 비웃음이 흐른다. 김을 매다가 돌아보면 또 '왕상'하게 풀이 자라 있는 것 같다. 땅은 농부의 발자국을 기억할 정도로 정직하다 했으니, 초보 농부의 시선을 떼어내는데 승부를 걸어볼 작정이다. 어쩌면 이것이 내 오랜 꿈이었는지도 모르겠다.

나에게 글쓰기도 마찬가지다.

사실 퇴임 이후 나의 목록에는 글쓰기가 없었다. 더욱이 3장 6구 12음보라니! 그것은 순전히 코로나19, 그 녀석 때문이었다. 집에서 보내는 시간이 많아지면서 친구 따라 강남 가듯 우연히 시 쓰기 아카데미에 덜컥 등록하고 만 것이다. 그것이 내가 오늘 『시조시학』사로부터 당선 소식을 받는 계기가 되었다. 시조는 무작정 늘어놓을 수 있는 이야기가 아니라 정해진 그릇 안에 오롯이 담아내야 하는 숙명을 갖고 있다. 그야말로 "묶임 속의 자유"랄까. 이제 간신히 시조의 길 초입에 들어섰다. 솔직히 두렵다. 그리고 설레는 것도 사실이다. 사람 냄새가 진득하게 묻어나는 이야기를 쓰고 싶다.

제주말로 '손이 봉물도록' 쓸 것이다.

어설픈 나의 글에 당선이라는 이름표를 달아주신 오승철 선생님, 그리고 가족들에게도 고마운 인사를 드린다.

시조시학사의 인연을 오래 간직하면서, 모두의 기억에 어긋나지 않는 다짐의 말씀을 전한다.

# 뽁

오은기

도란도란 토란잎
그 잎이 아랫잎에게

돈내코 계곡 지나
어머니 눈가를 지나

이슬을 건네는 소리
마늘종 뽑는 소리

# 절실한 서정과 토속의 정한

박기섭(시인)

미상유의 역병이 돈 지 세 해째다. 엔간하면 숙질만도 한데 그러긴커녕 새로운 변이가 속출하면서 외려 더 극성을 떤다. 미세먼지에 기후변화, 게다가 대선 정국의 소란까지 겹쳐 도무지 갈피를 잡기 힘든 무잡과 혼돈의 나날. 하지만 이 엄혹한 시절에도 어디서 누군가는 전통시의 행간에 불씨를 지펴 언 손을 녹이고는 하나 보다. 시쓰기야말로 혼미한 의식을 다잡는 분명한 하나의 기제가 되기나 한다는 듯. 『문학청춘』 신인상 심사에 임하면서 한층 깊어진 생각이다. 응모작들을 끊고 가리는 일은 결코 녹록지 않다. 숙고 끝에 마지막까지 남은 오은기의 「뽁」 외 네 편을 당선작으로 낙점한다.

오은기의 작품들은 지금/ 현재 화자가 발붙이고 사는 땅과 그 땅의 삶에 대한 이야기다. 현대시조에서 이미 독특한 한 갈래를 이룬 '제주정서'의 맥락을 좇으며, 이른바 '일상시'의 한 범주를 보여준다. 그가 보여주는 일상성은 떼려야 뗄 수 없는 피붙이인 어머니와 동생, 딸과 아버지로 이어지면서 구체화된다. 그것은 "돈내코 계곡 지나/ 어머니 눈가를 지나"(「뽁」)의 '어머니', "어느 봄 이 세상에 찾아와 준 내 동

생"(「마늘종」)의 '동생', "딸과의 그 약속은 누가 갈아엎었을
까"(「가시리」)의 '딸', "오늘은 아버지 기일/ 감귤도 익어 가는
데"(「돈이 어른이다」)의 '아버지' 등에서 보는 바와 같다. 아픈
가족사로 말미암은 비애의 정서는 오은기의 작품 거의 전편
을 관통한다. 문면의 곳곳에 남은 눈물 자국이 실은 그의 작
품을 밀고 가는 절실한 서정의 힘으로 작용하는 것이다. 세
상에서 가장 가까운 육친의 이야기이기에 진정성의 밀도는
그만큼 높고, 또 그 진정성이 읽는 이의 강한 공감을 이끌어
낸다.

　오은기의 작품에서 가족사 못지않게 주목되는 것이 또 있
다. 거의 매편에 등장하는 제주의 지명과 식물성 이미지가
그것이다. 돈내코 · 지귀도와 자배봉 · 가시리 · 갑마장길 ·
서귀포 땅동산 · 애기업개돌 · 구덕찬돌이 전자의 예라면,
토란잎 · 마늘종 · 수국꽃 · 유채꽃 · 감귤은 후자의 경우다.
이들은 공히 앞서 말한 '제주정서'의 질감을 더하며, 시의의
현장성과 의미의 결속력을 높이는 핵심 요소가 되고 있다.
특정 공간의 지명과 식물성 이미지에는 이미 그 땅에 사는
사람들의 오래고 질긴 토속의 정한이 묻어 있기 때문이다.

　오은기의 손에 익은 수사법은 각운과 반복이다. 이를 통
해 그는 자칫 무겁게 가라앉거나 식상할 수 있는 일상의 상
념에 경쾌한 율감을 부여한다. 그러면서 자연과 인간, 이승
과 저승을 분주히 넘나드는 것이다. 「뽁」은 "마늘종 뽑는 소
리"다. 단음절의 이 한마디가 "농사꾼 아내"였던 "어머니"의
"눈가"에 맺힌 "이슬"과, "이리저리 떠도는 저 어느 별 중에

서/ 어느 봄" 잠깐 "이 세상에 찾아"왔다가 "다시 떠나 버"린 "동생"을 떠올리게 한다(「마늘쫑」). "수북수북 수국꽃길 바퀴 자국 선명한 길/ 성경책 몇 구절을 훑고 간" "딸"의 얘기도 눈물겹다. 아무리 "아니야, 아니야" 되뇌어도 돌아올 수 없는 길이기에, "한 하늘 색깔로 울던 너를 꺼내 날릴" 수밖에는 없음이다(「수국꽃길」). 그 딸이랑 함께 보리라 했던 "유채꽃"이건만, "역병이 창궐한다고" "기어이 트랙터 삽날"로 "갈아엎는 이 봄날"이 야속해서 "꿔엉꿩" 울며 "혼자 도는" 슬픔은 또 어찌할 텐가(「가시리」). 세상 모든 "그리움"은 언젠가 "돌"이 되고 "전설"이 되리니, 누구나 그 "앞을 지날 때면" "무심결"에 "손"을 모으고 "멈춰"서리라. 먼 그날의 "아버지"처럼, 생전에 짓던 "감귤"이 "익어 가"도 끝내 오지 못하는 아버지처럼(「돈이 어른이다」).

　오은기에게 남은 과제는 언어의 감각과 표현의 깊이를 더하는 일이다. 그리하여 그만의 말맛을 오롯이 살려낼 때 우리는 또 한 사람의, 놀라운 시인의 면모를 만나게 될 것이다. 당선을 축하하며 천명을 건 정진을 빈다.

## 매일 제 자신에게

당선 소식에 제 마음, 꽃망울이 맺혔습니다.
누구나 마음에 있을 꿈 하나.
아이였을 때는 자주 바뀌고
어른이 되면서 시들고 뽑히기도 합니다.
제 꿈도 여러 번 바뀌며 흔들렸습니다.
생각하니 막연히 글 쓰는 사람이 될 거라 말한 적도 있습니다.
참 멋있다고 느껴지니까요.
그러나 지금껏 잊혀지고, 포기하고, 혼자서는 피우지 못했던 꽃.
이제 피어나려고 합니다.
우연히 지나던 걸음 멈추고 물과 거름을 뿌려주고
따스한 말로 꿈을 피우게 도와주신 선생님.
고맙습니다.
제 글에 꽃다발을 씌워주신 심사위원님.
감사합니다.
매일 제 자신에게.

# 세천포구

이미순

위미리 동백숲은 간세 간세 간세다리
큰엉과 쇠소깍 사이 양푼 하나 달랑 들고
올레길 5코스 따라
동박새 재잘댄다

여름날 물때 맞춰 상군해녀 똥군해녀
파도와 파도 사이 숨비소리 넘실댄다
우리집 돈줄만 같은 어머니 테왁망사리

쉰다리 한 사발로 점심 한 끼 때우고
식구들 둘러앉아 성게 까는 세천포구
조카딸 잔치 소식도
숟가락에 묻어난다

이지엽 · 박현덕 · 황치복

## 현대시조 일상의 자잘한 아픔과 소망을 담는 그릇

2022년 『시조시학』 봄호의 신인상으로는 이미순 시인이 선성되었다. 이미순 시인은 「세천포구」「무싱거?」「며느리밥 풀꽃」「참깨꽃 택배」「장수별」 등의 작품을 통해서 '무싱거(무엇을, 무엇이)'라든가 '테왁망사리' '낭강알(나무의 밑)' '상군해녀' '똥군해녀' '큰엉' '쇠소깍' 등의 토속적인 제주 사투리를 구사하면서 제주도의 풍물과 일상적인 삶의 모습, 그리고 그 속에서 배어나는 삶의 애환과 소망을 세밀하게 그려내고 있다. 이러한 현상은 시조가 현대사회의 일상과 그 속에서 파생되는 정동을 담아낼 수 있는 양식이라는 점을 실증하고 있다고 평가할 수 있다.

「세천포구」라는 세 수로 된 연시조는 서귀포 위미리에 있는 세천포구라는 곳의 삶의 모습을 손에 잡힐 듯이 그려내고 있다. 특히 "위미리 동백숲은 간세 간세 간세다리"라는 구절에서는 '간세(게으른)'라는 어휘와 '간세다리(게으름뱅이)'라는 어휘를 절묘하게 활용하여 느릿느릿 자연의 흐름을 따라서 살아가는 마을 사람들의 삶의 모습을 암시하기도 하고, "파도와 파도 사이 숨비소리 넘실댄다"는 구절에서는 파도와 파도 사이를 헤치며 살아가는 신산한 삶의 모습을 환기하기도 한다. 또한 "식구들 둘러앉아 성게 까는 세천포구/ 조카딸 잔치 소리도/ 숟가락에 묻어난다"는 구절에는 힘든 노동의 대가로 화목한 가정을 꿈꾸는 소박한 소망이 담겨 있기도 하다.

「무싱거?」에서도 역시 구수한 제주도 사투리를 통해서 위미리 동네 사람들의 소박한 삶의 모습이 부조되고 있다. "농약병 농약봉지 비료포대 기계유제통" 등의 쓰레기를 수거하여 마을의 경로잔치를 베풀어주는 훈훈한 미담이 잔잔하게 펼쳐지고 있는 것이다. 「며느리밥풀꽃」에서는 제주에 살면서 여태껏 "효도관광" 한 번 못해 본 "어멍"을 위한 가족회의를 익살스럽게 표현하고 있는데 "강릉 가자 태국 가자/ 법어작작 난상토론" 등의 해학적인 표현을 통해서 "섬 밖에 못 나가본" 제주도 서민의 소박한 삶의 국면을 정겹게 표현하고 있다.

「참깨꽃 택배」에서는 어머니에 대한 그리움과 고향에 대한 간절함이 "이 홉들이 참기름"을 통해서 절절히 표출되고 있다. 그런데 그 이 홉들이 참기름 속에는 "이 골 저 골 방물장수"를 했던 어머니의 험난한 인생과 방물장수를 해서 마련한 자갈밭의 "산골짝 비틀비틀 논틀밭틀 그 길"에서 이루어진 어머니의 고통스러운 노동이 담겨 있다는 점에서 감동을 준다. 「장수별」에서는 "몇 년째 아픈 울엄마"의 쾌유와 장수를 바라는 시인의 간절한 마음이 절절하게 표출되고 있는데, "남극노인성"이라는 수성壽星, 즉 장수별과 "째깍째깍 가위질 재촉하는 극조생감귤"의 절묘한 대비를 통해서 시인의 내면 풍경이 손에 잡힐 듯이 그려지고 있다. 시인은 극조생감귤 같이 생의 마지막을 재촉하고 있는 어머니의 병환을 보면서 서귀포의 하늘에 떠 있는 남극노인성이라는 별을 우러러보며 어머니의 쾌유라는 염원을 되새기고 있는 셈이다.

이미순 시인의 시조 작품들은 절묘한 비유를 통해서 심미적 경이를 추구하지도 않고 비약적인 이미지의 진폭을 통해서 현대시의 상상력에 도전하려고 하지 않는다. 심오한 사상을 담으려고 꾀하지도 않고, 현실의 부조리에 대해서 엄정한 비판의 칼날을 들이대지도 않는다. 한가롭고 고요한 제주 오름이 지닌 곡선의 풍경을 그리듯이 순수하고 질박한 제주도 서민의 삶을 수채화처럼 그려내고 있다. 하지만 단조롭고 지루한 시적 공간에 그치는 것이 아니라 한낮의 정적을 깨는 제주도 꿩의 울음소리처럼 우리의 감각을 일깨우며 잔잔한 감동의 파도를 일으키기도 한다. 앞으로 좀더 진솔한 삶의 국면에 천착해서 잔잔한 일상에서 더욱 감동적인 시조의 정취를 발굴하기를 기대해본다.

모처럼 바다로 나왔습니다. 겨울 위미바다도 제 마음처럼 설레나 봅니다. 멀리 지귀도도 아는 체합니다.

지금껏 격식이나 형식에 맞춰 살지 못했습니다. 그냥 천방지축 말괄량이 삐삐처럼 살았지요. 그러다 생활 속의 진솔함을 시조에 담아내면서 내 부족함이 들통날까 봐 쥐구멍을 만들어 놓곤 했습니다.

그럼에도 불구하고 팔순 넘은 친정어머니께 내 시를 읽어드리면 "장하다, 최고다"라는 칭찬에 힘을 얻곤 합니다. 요즘은 감귤나무 전정할 때 버려진 가지나 잎조차 허투루 보지 않으려 합니다.

『시조시학』 신인상 당선 소식을 듣고 맨 처음 어머니께 전화를 드렸지요. "내 딸, 장하다, 최고다" 이렇게 언제나 든든한 후원자가 있기에 용기를 내어 시조의 길에 발을 내딛습니다.

아무것도 모르는 저를 시조의 길로 이끌어주신 오승철 선생님, 그리고 정드리 회원들이 있어 겁 없이 덤빌 수 있었습니다. 열심히 쓰겠습니다. 감사합니다.

위미리 부녀회원님들께도 자랑질할 일이 생겼습니다. 새벽부터 트럭을 몰며 농약병이며 폐플라스틱통, 폐비닐을 수거하느라 함께 땀 흘린 대가로 작품 한 편을 얻었으니까요.

휴대폰에 '멘토 김승우'로 입력된 내 남편. 갱년기로 감정 조절의 어려움을 토해냈을 때 "힘들지? 여보, 당신은 대단

한 사람이야"라며 늘 다독여주는 든든한 내 편! 그리고 "얘들아, 엄마의 키워드는 열정이라고 했지? 그 열정 이제는 시조에 쏟을 거야. 사랑해"

아직 설익은 제 작품에 힘을 실어주신 심사위원님들과 시조시학사에도 감사드립니다.

# poet & country – 문순자 시인

## 시의 마중물, 그 DNA를 물려받은 구엄바다

# 시의 마중물, 그 DNA를 물려받은 구엄바다

조영자

섬사람에게 바다는 숙명이다. 여기에 다시 바람이 보태어 진다면 더 말할 필요도 없다

하여 제주 사람들은 육지 어디를 가든 파도와 바람을 떨쳐낼 수가 없다. 그래서일까. 문순자 시인은 자전적 시론에서 "제주 바다는 내 시조의 모태"라고 고백한다. 좀더 범위를 좁혀본다면 시인의 고향인 구엄바다가 아닐까 생각된다.

문 시인의 첫 시집인 『파랑주의보』에서 이정환 시인은 해설의 첫머리에 "시인은 시로 모든 것을 말한다. 자신만의 언어와 경험체계를 바탕으로 인생사와 세계를 노래한다. 그런만큼 자신을 둘러싸고 있는 환경에 민감할 수밖에 없고 결코 자유로울 수 없다"고 했다. 충분히 공감이 간다. 자신이 태어나고 자란 고향과 그 주변 환경은 아무도 빼앗을 수 없는 본인만의 자산이 되는 것이다. 하물며 글을 쓰는 사람에게 있어서야 더 말해 무엇할까.

칼바람이 등을 떠미는 1월 어느 날, 문순자 시인의 고향 바다를 찾았다. 평평한 바위가 넓게 펼쳐져 있어 시인이 어

린 시절에는 소금을 만들었다는 엄쟁이 마을, 애월읍 구엄리다. 그 바다를 터전 삼아 시인은 결코 녹록하지 않은 어린 시절을 보냈다고 한다. 그런데 특이하게도 각 가정에서 일구던 소금밭은 꼭 집안의 큰딸에게만 물려주었다고 한다. 그런 연유로 시인의 친정어머니도 숙명적으로 소금밭을 물려받았고 온 식구들이 소금 만드는 일에 동원되었다고 했다.

3년 전, 노산문학상 수상 소감에서 시인은 "친정어머니는 어렵고 힘들 때마다 찾아가는 나의 종교이자 성소"라고 얘기한 적이 있다. 아직 보릿고개 가파르던 시절, 가장이 역할에 소홀한 그 자리를 대신하여 집안을 이끌어가던 당찬 제주 여자인 어머니의 삶 자체가 시인에게는 거룩한 종교이자 성소로 어겨졌으며, 또한 무궁무진한 작품의 소재가 되고 있지 않나 생각된다. 이와 관련된 작품 두 편을 소개한다

손가락 하나로도 흔들바위 흔들듯
찬바람 닿기도 전에 물봉선 툭 터지듯
한 하늘 간신히 받든
어머니 앞니빨 하나

화산섬 그녀의 생은 그대로 전쟁이었네
새벽 다섯 시 반
시오리 하귀오일장
똥돼지 대여섯 마리 리어카에 끌려가네

열세 살 단발머리
책가방도 끌려가네
네가 마수걸면 운수대통한다는 말에
꽤―액 꽥
뒷다릴 붙잡고
단풍 들던 하얀 칼라

반짝 섰다 사라지던 그 장 아예 사라졌네
개똥참외 마른 줄기 퇴역한 장돌뱅이
그래도 바느질 실 끝
앞니빨로 뚝 자르네

　　　　　　　　　　　　　　　－「앞니빨 하나」 전문


결은 끝나지 않은 항거의 몸짓이다
주일날 교회 대신 문득 찾은 친정바다
여태껏 갈매기 몇 마리 저 이랑을 겨누고 있다

내 고향은 큰딸에게 돌염전 대물린다
밭 대신 20여 평 유산으로 받아든
어머니 구릿빛 내력, 자리젓보다 더 짜다

돌소금 한 됫박이면 겉보리도 자리돔도 한 되
소금구덕 하나로 산간 마을 돌아오면
등짝에 서늘히 젖은 술주정도 묻어난다

엄쟁이에선 더 이상 천일염 못 만든다

4 · 3으로 6 · 25로 다 떠나보낸 구엄마을
무얼 더 고백하라고 싸락눈 또 오시는가
　　　　　　　　　　 － 「돌염전－친정바다1」 전문

　그 돌염전 옆에 생이동산이며 서치강굴 등 시인의 어린
시절 놀이터였던 바다가 있다. 여름이면 남자 여자 할 것 없
이 동네 아이들이 온통 한데 어우러져 온종일 멱감고 헤엄
치며 물놀이하던 곳이다. 우뚝 솟은 바위에 겨울을 나는 철
새들이 모여들어 '생이동산'이라 부른다는 그곳은 마치 이를
증명이나 하듯 지금도 하얀 새똥이 여기저기 널려 있었다.
　이리저리 둘러보고 있는데 마침 오승철 시인이 애월에 사
는 김종호 시인과 함께 찾아왔다. 문 시인이 태어나고 자란
생가를 둘러보자는 제안에 흔쾌히 따라나섰다. 바닷가에서
조금 떨어진 곳에 파란색의 낮은 슬레이트 지붕을 이고 있
는 아담한 집이 있었다. 바닷바람을 막기 위하여 만들어 놓
은 그리 높지 않은 울타리 너머로 마당이 훤히 들여다보이
는 전형적인 제주의 집이다. 마당 한구석에는 돼지를 기르
던 돗통시 자리가 아직도 남아 있었다. 여기서 길러낸 새끼
똥돼지 대여섯 마리 리어카에 싣고 오일장에 팔러 가는 어
머니를 도와 교복 차림으로 따라다녔다는 단발머리 여학생
의 모습이 그려진다. 혹여 친구들이라도 마주치면 못 본 척
고개 돌렸을 그 모습이 그려져 내 가슴이 아릿하였다. 여기
저기 둘러보는데 이게 웬일인가. 이제는 어디를 가도 여간
해서는 찾아보기 힘든 반가운 물건이 보인다. 바로 '돗도고

리'였다. 돼지를 키우는데 필수품인 그것이 두 개씩이나 우영팟 모퉁이에 오고생이 자리하고 있었다. 그 시절 셀 수 없이 많은 돼지를 길러냈던 돗도고리는 비로소 제 사명을 다했다는 듯 돼지밥 대신 빗물을 가득 받아 안고 있다.

오십 년도 더 지난 내 어린 시절이 문득 떠올랐다. 학교에서 돌아오면 밭일 나간 어머니를 대신하여 집안일을 도맡아야 했던 날들, 그중 중요한 일과가 '도새기 것'을 주는 일이었다. 어찌 이뿐일까. 식구들 식사 준비며 자질구레한 집안일들도 모두 딸들의 몫이었다. 이쯤에선 괜스레 문 시인과 찐한 동지애가 느껴진다. 비록 나고 자란 동네와 환경은 다르지만 같은 시대를 살며, 비슷한 삶의 길을 걸어온 경험에서 우러나오는 가슴 시린 동지애랄까.

어려운 가정 형편으로 인해 상급학교 진학을 하지 못한 시인은 중학교를 마치고 서울 생활을 한 적이 있었다. 그때의 경험을 살려 쓴 작품 한 편이다.

봄은 벌써 한창인데 전정 못한 감귤나무
도시락 뚜껑 열자 식은땀 아이들이
삼십 년
웃자란 가지
새들 불러 모으다

햇살마루 그 언저리 직업훈련원 양재교실
서투른 재봉틀 소리, 팔도 새들 사투리
물 건너 고향 소식도

칼날처럼 다림질하던

서울 한남동 언덕 70년대 그 눈발처럼
양재반장 부현이, 기숙사 실장 입분 언니
다 식은
점심 먹는다
내 그리움 쪼아댄다

　　　　　　　　　　　　　－「새들 불러 모으다」 전문

　예전에는 제주에 살면서 물질만 할 줄 알면 밥은 안 굶었
다는데, 바당 동네에서 바다를 배경으로 살아가면서 웬일로
해녀가 안 되었을까 하는 궁금증이 있어 문 시인에게 물어
봤다. 해녀이기도 했던 시인의 어머니께서 물질이 너무 힘
들고 위험한 일이라며 딸에게는 결코 해녀 일을 못 하게 하
셨단다. 비록 어려운 살림이었지만 당신 딸에게만큼은 목숨
을 담보로 하는 위험한 일을 가르칠 마음이 없었던 것이다.
　오래전 육지 친척 집을 방문했을 때의 일이다. 마당에 있
는 우물물을 길어오라는 시댁 어르신의 말씀에 한 번도 해
본 적 없는 우물물 퍼 올리기에 나섰다. 그런데 아무리 펌프
질을 해도 물이 올라오질 않는다. 보다 못한 친척 어르신이
물 한 바가지를 가져다 펌프 한켠에 붓는다. 그제서야 펌프
질 따라 물이 콸콸 나온다. 마중물이 있어야 되는 것이었다.
　그렇다. 구엄바다와 시인이 나고 자란 고향인 구엄마을은
문순자 시의 마중물이다.
　최영효 시인은 "시란 아프지 않으면 싱겁고 맛이 없다"고

했다. 그런 맥락에서 본다면 문 시인은 '싱겁지 않고 맛있는 시'를 쓸 자격이 충분하겠다. 어느 누구 못지않게 아픈 삶을 살아내며 그 아픔을 본인만의 자산으로 간직하고 있는 까닭이다.

　시인의 친정바다가 사계절 출렁이는 한, 그 바다에 숱하게 묻힌 시인의 그리움이 아직 남아 있는 한, 그 바다를 마중물 삼아 앞으로 주옥같은 작품을 길어 올리리라 기대해본다. 어머니가 그 바다 돌염전을 물려받았듯, 시인은 시의 DNA를 그 바다에서 물려받았으니 말이다.

# 고해자의 제주어 산책

## — 영 굴믄 알카마씀?

 

 

'고해자의 제주어 산책' 두 번째를 싣는다. 이는 '살아있는 훈민정음'이라 할 수 있는 제주어에 대한 시대적 소임과 고민을 함께 하자는 취지이다. 지난해 처음 마련한 것은 삼라만상의 기본인 우리 몸의 이름부터 옛날 할아버지 할머니들의 목소리로 불러보는 기회를 가졌다. 이번에는 문인들이 제주어 작품을 쓸 때 감칠맛을 더하기 위해 반드시 필요한 부사어를 어떻게 찾아내고 사용하느냐 하는 것에 초점을 맞췄다. 이를 위해 주변의 제주어를 전문적으로 연구하는 분들을 찾아 자문했고, 제주어 관련 서적도 두루 살폈다. 참고문헌은 『제줏말의 이해』(2015. 제주발전연구원 제주학연구센터), 『재미난 제주어 이야기』(2016. 시와월드, 아에이오우 디자인), 『제주어사전』(2009. 제주특별자치도)이며, 정드리 회원들이 발품으로 퍼즐 맞추듯 이글을 함께 정리했다. 문순덕 박사님도 우리의 노력에 함께 고민해 주셨다.

[편집자]

# 고해자의 제주어 산책
— 영 골른 알카마씸?

고해자

한라산은 인간의 발길이 닿았던 곳보다 가 보지 않았던 곳이 훨씬 더 많다. 우리가 사용하는 언어도 그럴 것이다. 어쩌면 일생 동안 사용하는 단어보다 쓰지 않는 단어가 훨씬 더 많을 것이다. 국립국어원 '우리말샘'을 보면 일상어는 명사가 30만514개(62%)로 가장 많고, 동사 9만 8,833개(20%), 부사 3만 2,482개(7%), 형용사 2만9,250개(6%)로 순이라고 한다.

제주어에도 부사의 사용 빈도가 대략 이와 유사할 것으로 보인다. 우리가 시 또는 시조를 쓸 때 부사 하나만 제대로 골라 써도 시의 품격이 훨씬 높아진다. 그런 관점에서 맛깔나는 제주어 부사들을 실례와 함께 살펴보기로 한다.

정월 보름 굿 지나고/ **푸딱푸딱** ᄂ린 눈 다 녹은 낮후제/ 물 멕이레 나온 송애기 **오꼿**/ 세경바레단 잃어분 작산 머굴챙이 임제/ 냇창에서만 **이레 화륵 저레 화륵**// 송애기는 **으상으상** 걸어그네/ 먹어 볼 커 **퍼찍** 엇인 놈이 마당에 들언/ **빙삭빙삭** ᄒ는 매줏고장 바리멍 눈만 **끄막끄막**/ **으시레기** 에염에 앚앗던 장독은/ **줌막줌막ᄒ단** 야개기만 **자웃자웃**// 봄이 서귀포

152

에서 **와랑와랑** 욹젠ᄒ난/ 하늬ᄇ름은 정체 웃이 **주왁주왁**/ 보리왓은 좀좀ᄒ냥 새썹만 **미쭉미쭉**

– 양전형, 「초봄」 전문

　정월 보름 **갓** 지나고/ **나풀나풀** 내린 눈 다 녹은 오후/ 물 먹으러 나온 송아지 **그만**/ 한 눈 팔다 잃어버린 다 큰 바보 주인/ 냇골에서만 **이리 저리 다급한데**// 송아지는 **느릿느릿** 걸어서/ 먹어볼 것 **전혀** 없는 남의 마당에 들어/ **방긋방긋하는** 매화꽃 보며 눈만 **끔벅끔벅**/ **기척 없이** 근처에 앉았던 수탉은/ **연달아 놀라다** 고개만 **갸웃갸웃**// 봄이 서귀포에서 **힘차게** 달려온다고 하니/ 하늬바람은 정처 없이 **기웃기웃**/ 보리밭은 **조용한** 채 새순만 **비쭉비쭉**

　누게 가렌 헤시카/누게 오렌 헤시카//고향은 고향대로/입 비쭉 코 비쭉 ᄒ는디//**울럿이** 정제 무뚱을 감장 도는 ᄌ냑 ᄉ시//

– 오승철, 「울럿이」 부분

* '우두커니'의 제주어부사

　저승에서 이승까진/ 두 이레, 열나흘 길/ 일본에서 세상 떠/ 길 잃은 거냐, 내 딸아// 괘앵 괭 이 소리 따라 **게무로사** 못 오크냐*//

– 오승철, 「두 이레 열나흘 굿」 부분

* '그렇기로서니 못오겠느냐'의 제주어 부사(진한 부분)

　위와 같이 시어에서도 제주어 부사가 풍부하게 쓰임을 알 수 있다.

## ■ 시어로 쓰기 좋은 제주어 부사 30개

\* 조끗더레(가까이 )
그 ᄂᆞ물덜 조끗더레 다 아상오라.
(그 나물들 가까이 다 가져오라.)

\* ᄒᆞ저(빨리)
ᄒᆞ저 ᄆᆞ딱 굴아줍써.
(빨리 전부 다 말씀해 주십시요.)

\* ᄒᆞ썰(조금)
ᄒᆞ썰 더 신경 과짝 써ᄃᆞ라게.
(조금 더 신경 바짝 써주시게.)

\* 아멩이나(아무튼)
아멩이나 ᄆᆞ딱 ᄏᆞ클ᄒᆞ게 해결ᄒᆞ여불라.
(아무튼 모두(다) 깨끗하게 해결해 놓으렴.)

\* ᄆᆞ숩게(무섭게)
샘창아리 읏이 ᄆᆞ숩게도 ᄆᆞ딱 먹어불엄ㅅ저.
(염치도 없이 무섭게 다 쓸어 먹어버리네.)

\* 마직이(알맞게)
마직이 분도 불랑 댕기ᄀᆞ ᄒᆞ라.
(알맞게 회낑도 ᄒᆞ고 디니끼게.)

154

\* 지냥으로(스스로)

가인 느량 지냥으로 똥끄랭이 잘 출영 댕긴다.

(그 애는 늘 자기 스스로 말쑥하게 잘 차려입고 다닌다.)


\* 슬째기(조심스럽게)

슬째기 지 방 안터레 들어감ㅅ저.

(조심스럽게 자기 방 안으로 들어간다.)


\* 경정(그럭저럭)

자인 경정 그자 ㅎ는 체만 ㅎ염신게.

(저 아이는 그럭저럭하는 시늉만 하고 있구나.)


\* ㅎ꼼(조금)

아믓상 으시 돈 ㅎ꼼 주렌 어떵 골아점신고?

(아무 이유 없이 돈 좀 달라고 어떻게 말 할 수 있을까?)


\* 하영(많이)

저치룩 하영 튼 벨도 ㅎ꼼 보멍 살라.

(저렇게 많이 뜬 별도 조금 보면서 살아라.)


\* 줓줓이(자세히)

그 ㄱ장 줓줓이 ㅂ민 더 곱나.

(그 꽃 자세히 보면 더 곱다.)

* 펀두룽 펀펀(어리둥절하여 눈만 멀뚱멀뚱한 )
펀두룽 펀펀 ᄒ게 넉 나분 생이여.
(어리둥절하니 눈만 멀뚱멀뚱한 게 넋이 나간 것 같다.)


* 비룽이(물끄러미)
모다 산 비룽이 ᄇ래는 저 자부생이덜쾅.
(모여 서서 물끄러미 바라보는 저 모습들이라니.)


* 두루셍이(건성건성)
두루셍이 허는체 마는체 ᄒ난 부웨 데싸지크라.
(건성건성 하는 둥 마는 둥 하니 부아가 뒤집힐 것 같다.)


* 지락지락(주렁주렁)
지락지락 잘 ᄃ라진 과수원이사 미신 걱정 이시크라.
(주렁주렁 잘 달린 과수원이야 무슨 걱정 있을까.)


* 펠롱펠롱(반짝반짝)
밤하널 벨덜이 펠롱펠롱 ᄒ게 무사 영 고움쾅.
(밤하늘의 별들이 반짝반짝 비치는게 왜 이리 고운지. )


* ᄒ쏠(조금)
우영에 강 ᄉ키 ᄒ쏠 톤앙 오라.
(우영밭에 가서 푸성귀 조금 뜯어오렴.)

* 요망지게(똑 부러지게)

이제랑 ᄒ쓸 요망지게 살라.

(이제부턴 조금 똑 부러지게 살아라.)


* 아멩(아무리)

주멩기 ᄉᆞᆨ 아멩 뒈싸봐도 어디서 흘처부러신디사 웃다.

(주머니 속을 아무리 뒤집어봐도 어디서 흘려버렸는지 없다.)


* ᄆᆞᆫ딱(전부)

허벌나게 큰 밧듸 그 감저덜 ᄆᆞᆫ딱 판마씀?

(크나큰 밭의 그 고구마들 전부 캤습니까?)


* ᄒᆞᆫ저(어서, 빨리)

ᄒᆞᆫ저 왕 ᄌᆞ반 먹엉 혹교레 ᄃᆞ르라.

(빨리 와서 아침 먹고 학교로 달려가라.)


* 흐랑흐랑(물렁물렁)

ᄄᆞ뜻ᄒᆞᆫ 군고구마가 흐랑흐랑 ᄒᆞ난 잘도 맛 좋다.

(따끈따끈한 군고구마가 물렁물렁하니 참 맛있다.)


* 굴루이(덤으로)

자인 눈치도 어서. 굴루이 웃어주당 봐도…

(저 아이는 눈치도 없어. 덤으로 웃어주다 봐도…)

* 재기재기(빨리빨리)
재기재기 츨리라, 시간 늦엄직ᄒ다.
(빨리빨리 준비해라, 시간 늦을 것 같다.)

* 샘창아리 웃이(염치 없이)
그 작산 걸 샘창아리 웃이 다 먹어부러시냐.
(그 많은 걸 염치없이 다 먹어버렸느냐. )

* 경ᄒ곡(그렇게 하고)
그건 경ᄒ곡, 이건 또시 영 ᄒ라이.
(그것은 그렇게 하고, 이것은 다시 이렇게 하여라.)

* 벵삭이(빙그레)
가인 질레서 봐지민 ᄆ저 벵삭이 잘 웃주기.
(그 아이는 길에서 만나면 먼저 빙그레 잘 웃는다.)

* ᄌ꼿더레(곁으로)
중ᄒ게 ᄀ를 말이 시난 요 ᄌ꼿더레 왕 아지라 보게.
(중요하게 할 말이 있으니 곁으로 와서 앉아보라.)

* 흠치(한 번에)
경ᄒ지 말앙 흠치 ᄀ정 오라.
(그러지 말고 한 번에 가져와라.)

# 시인이 쓴 시조

# 새해

오세영

작년 이때 뜨던 해를 새해라 일렀는데
올해도 같은 해를 새해라 하는구나
이 세상 영원한 승패자가 그 어디 있겠느냐

[시작 노트]

　사람들은 바뀌는 해를 새해, 겨울지나 다시 오는 봄을 새봄이라 이른다. 돌고 도는 것이 천문天文의 이치이자 자연의 섭리이거늘 어찌 굳이 반복되는 그 시작을 매번 새롭다 하는 것일까. 아마도 그것은 우리가 꿈꾸는 그 희망과 기대가 과거를 폐기시키는 데서 가능한 때문일지도 모른다. 생각해보라. 한 번의 승자가 영원한 승자이고 한 번의 패자가 영원한 패자로 남는다면, 이 지상 다른 생명들은 대체 그 존재해야 할 필연성이 어디에 있겠는가. 임인년 새봄이다. 작년의 사업에서 상처를 받았거나 실패한 여러분들, 아니 우리 모두 다시 한번 가슴에 희망과 꿈이 넘쳐나시기를……

**오세영** 1942년 전남 영광 출생. 전남의 장성과 광주, 전북의 전주에서 성장. 1965~68 박목월에 의해 『현대문학』 추천으로 등단. 『사랑의 저쪽』 『바람의 그림자』 『시론』 『한국현대시분석적 읽기』 등

# 행지상사 行至相寺

김우영

종남산 지상사로

가는 길은 작취미성

닭 한 마리 지붕에서 개 두 마리 산길에서

마른 길 지나니 또 마른 골짜기

매미 소리 들을 때

자네 지고 온 것들이

뭣인지 풀어보아라

천 년 전 의상이 나타나서 말했다

자네가 보고 들은 것

내 보거라 이 앞에


종남산 그 귀퉁이

한 소식 들어보려

나 오늘 지금 여기 술친구 떼어 놓고

천년을 거슬러 왔다

발 헛딛고 돌아간다

[시작 노트]

10년 전쯤 중국 답사길에 종남산終南山 지상사에 들렀다. 중국 서안에서 남쪽으로 20km 떨어진 종남산 천자곡天子谷 꼭대기에 있는 절이다. 신라 의상대사가 불경을 공부하던 곳이다.

지상사 가는 길엔 자오곡도 있다. 신라 사람 김가기가 이곳에서 도를 깨달았단다. 조정의 백관과 구경꾼 등 산골짜기를 가득 메운 사람들이 지켜보는 가운데 대낮에 하늘로 올라갔다고 한다. 그 자리에 세운 금선관도 보았다. 과연 신선들이 모여 살만한 곳이었다.

전날 마신 독한 고량주가 깨기도 전 지상사에 갔고 낮술에 또 취해 금선관에 갔다. 그러니 내가 천 년 전 의상대사인지 김가기 신선인지 김우영인지 구분이 되질 않았다. '나'라는 것이 있기는 한 걸까. 차라리 그 상태가 좋았다.

시가 추구하는 것이 무엇인가? 아니다. 추구라는 것이 있긴 한 것인지. 나는 '그냥' 썼다. 그러다가 요즘은 '그냥' 쓰지 않는다. 언제 다시 종남산 아래 농부가 운영하는 밥집에서 돼지고기 안주에 고량주 한잔할 수 있을까.

그나저나 40년 만에 쓰는 시조다. 이걸 시조라고 할 수 있는지… 두렵다.

**김우영** 1978년 『월간문학』 신인상 시 등단, 『시조문학』 초회 추천, 시집 『겨울 수영리에서』 『부석사 가는 길』

# 잘 마른 장작개비

이은봉

또또또, 화를 내다니.
감정절제
못 하다니.

남의 집 벽난로의
불쏘시개나 되다니.

잘 마른 장작개비로
호르르륵
타오른 날!

[시작 노트]

시조時調라는 말은 시절가조時節歌調라는 말을 축약하는 과정에 생겼다고 한다. 물론 시절가조時節歌調라는 말은 시대의 노래, 당대의 노래라는 뜻이다. 그렇다면 그 시대, 곧 당대의 현실을 노래하는 것이 시조라고 해야 마땅하다.

정말 그런가. 정말 그런 것이 시조인가. 그렇다고 아니 할 수 없다, 그런 주장과 논리에 십분 동의한다. 그런 주장과 논리를 부정하지 않는다는 뜻이다.

그럼에도 불구하고 시조까지 당대의 현실에 일일이 직접적으로 대응할 필요가 있을까, 최근 들어서는 더러 이런 생각을 할 때도 있다. 시조가 당대의 현실을 바탕으로 하기는 하더라도 좀 더 높은 차원의 심미적인 반응을 보여주면 안 될까. 여타 자유시와는 달리 시조는 당대의 현실을 한 번 더 에둘러 표현하면 어떨까. 좀 더 높은 차원의 정신을 담는 예술적 언어를 사용하는 것이 시조라면 어떨까 하는 생각을 해보는 것이다.

아무튼 나는 지금 이미지들이 좌충우돌하며 한 바퀴 휘도는 상상력, 고도의 상상력을 보여주는 시조를 쓰고 싶다. 생경한 관념이 무질서하게 토해지는 시조가 아니라 고도의 정신 차원을 담는 오온五蘊이, 곧 안이비설신眼耳鼻舌身이 마구 뒤섞이는 시조, 곧 감각의 착란을 보여주는 시조를 쓰고 싶은 것이다.

**이은봉** 1953년 세종시(구, 공주시) 출생. 1984년 『창작과비평』 신작시집 『마침내 시인이여』를 통해 시인으로 등단. 시집으로 『봄바람, 은여우』 『생활』 『걸어 다니는 별』 등이 있음. 가톨릭문학상, 송수권문학상, 김달진문학상, 풀꽃문학상 등 수상. 광주대학교 문예창작과 교수 역임, 대전문학관장.

# 정드리 창에 비친
# 좋은시조 10선

# 워낭소리

박기섭

놋보시기 동치미에 살얼음이 깔린 아침

뒤울안 장독간을 눈발이 서성였다

이따금 흙담을 넘는 늙은 소의 워낭소리

– 『문학청춘』(2021 여름호)

언제였나, 워낭소리를 들어본 것이. 또래들과 소 먹이러 다니던 어린 날의 기억이 애틋하다. 워낭소리는 그 기억의 어디쯤을 맴돈다. 아침나절 두 뿔 위에 고삐를 사린 채 산속에 풀어 놓은 소를 해거름이면 찾아 나섰다. 워낭소리는 멀리서도 잘 들렸다. 무쇠 워낭이 둔탁하다면 놋쇠 워낭은 청량하다.

어느 날 문득, 그 시절의 아련한 풍경을 소환한다. 비록 우경의 시대는 끝났지만 워낭소리는 여전히 귓가에 남아 있다. 놋보시기 동치미 국물에 깔린 살얼음과 뒤울안 장독간을 서성이던 눈발. 봄은 아직 한참 멀었다. 농한의 늙은 소는 겨우내 외양간에 매인 채 지난 철을 되새김질했다. 이따금 흙담을 넘는 워낭소리만이 낭랑히 고샅길을 떠다녔다.

# 햄릿증후군

김숙희

누가 내다 버렸을까 원목의 책꽂이를

재활용품 보퉁이에 소낙비 맞고 있다

거둘 걸, 하는 마음이 집안까지 따라왔지


살다 보면 이러한 일 어디 한둘뿐이겠나

지난날 아차, 하다 놓쳐버린 말 한마디

다음에, 다음에 하다 엇갈렸던 길도 있지

– 『열린시학』(2021 겨울호)

〔시작노트〕

셰익스피어의 비극 〈햄릿〉에서 유래한 "To be or not to be that is the question"이 말 때문에 생겨난 신조어가 햄릿증후군이다.

수동적인 생활 습관이나 과도하게 넘쳐나는 정보들로 인해 선택이나 결정을 할 때 어려움을 느끼는 증세인데, 현대인에겐 누구나 경험이 있을 것이다.

어느 날 재활용품에 버려진 원목 의자 역시 할까, 말까 망설이다 기회가 날아갔듯이.

선택의 연속, 살아있는 자의 영원한 숙제다.
어디 물건뿐이겠는가.

# 시 굽는 마을

김강호

반딧불이 빗금치는 강변마을 시인의 집
사무치게 서러운 소쩍새 울음 받아
시인은 시 한 덩이를 이슥토록 굽고 있다

설익어서 더 구우면 숯덩이가 되곤하는
드센 시와 씨름하다 지쳐버린 행간엔
상상의 완행열차가 덜컹이며 지나간다

깊은 잠 호리병으로 시인이 빠져들자
처마 끝 별들이 와서 시 굽는 시늉하더니
원고지 칸칸마다에 애벌레처럼 들었다

─ 『서정과 현실』(2021 하반기호)

어쩌면 좀 별난 시간이다. 밤 지새우고 돌아와 잠깐 한숨 붙이는 듯하다가 잠이 오질 않아 머루와인 한잔하고 다시 자려다가 원고 청탁을 받는다. 내친김에 그냥 손가락 가는 대로 좌판을 두드려 보는 거다. 문학도 일테면 남에게 잘 보이려고 화장하고 다시 뜯어고치고를 반복하는 일 아니던가? 안 좋게 생각하면 망상에 가깝고 좋게 생각하면 상상에 가깝다. 주저리주저리 시편만 늘어놓아서 딱히 역사에 남을만한 시는 한두 편에 불과할지 모르겠다. 늘 그냥 밥 먹듯이 시를 쓰고 중얼거리고 혼자 자가당착에 빠져 산다. 뚜렷한 그 무엇도 없이 중언부언이다. 하기야 대한민국 시인이 "3만 명이네, 5만 명이네" 떠도는 말이고 보면 시인 한 명이 한 편만 발표해도 1년에 족히 수만 편인데 그 많은 시를 누가 읽기나 하는 것일까? 계간지는 넘쳐나서 지면은 많아지고 또, 그걸 채워야 하니 원고 청탁을 안 할 수도 없는 일이고 보면, 다행인지 불행인지 그도 모를 일이다.

내가 태어나서 자라온 곳이 산골 마을이고 반딧불이가 있고 강이 있어서 나름 정서적으로는 재벌이나 다름없다. 환경의 풍요로움이 있어서 풍부한 감성과 정이 남다를지 모르겠다. 시력이 이십 년을 훌쩍 넘기다 보니 시가 가야 할 길이 보인다. 버려야 할 시도

보이고 간직해야 할 시도 보인다. 나름 내게는 애정이 가는데도 독자의 눈엔 양이 안 차는 작품이 있다. 주인은 나이니까 내 작품 만이라도 내가 좋아하는 쪽으로 기닥을 잡는 것이 당연한 일 아닌가.

너스레가 좀 길어졌다. 지금 이 글은 내가 쓰는 것이 아니라 머루주가 쓰고 있으니 나름 혼자 이해도 하면서…

시 굽는 마을은 일테면 내 고향에 문학적 상상력을 가미한 작품이다. 지금도 도시에 살다가 집 뒤란에서 울고 있는 개구리 소리와 두견새 울음소리가 그리워져 고향에 가고 싶으니 어쩔 수 없는 일이다. 어디 그뿐인가 뒤란 여남은 평 텃밭에는 정겨운 식물과 나무가 있다. 돌나물 달래 취나물 우엉 부추 상추 배추 엉겅퀴 대추나무 장미나무 오가피나무 자목련나무 가죽나무 개복숭아 나무 골단추 나무 으름넝굴등…

시를 쓴다는 말보다는 굽는다는 게 시의 맛을 내는듯했고 상상의 기차를 양념으로 넣었다. 머지않아 내가 살고 있을 그런 집일 것이라는 생각이다. 실업자가 많은 세상에 죽을 때까지 할 일이 있고 보면 작가라는 직업은 참 괜찮은 일이다. 날씨가 좀 풀리면 고향 뒤란 개구리 울음소리 받으러 갈 요량이다.

# 고비, 사막

손영희

아버지, 간밤에 말이 죽었어요

그때 고삐를 놓은건지 놓친건지

쏟아진 햇살이 무거워 눈을 감았을 뿐

한 발 올라가면 두 발 미끄러지는

잿빛 모래언덕도 시간을 허물지 못해

이곳은 지평선이 가둔 미로의 감옥입니다

한세월 신기루만 쫓다가 허물어지는

사방이 길이며 사방이 절벽입니다

아버지, 간밤에 홀연히 제 말이 죽었어요

－『시조정신』(상반기호)

〔시작노트〕

오래전부터 말을 한 마리 기웠습니다. 폼나는 갈기를 휘날리며 어디로든 저를 데려다주겠거니 했는데, 차들은 한사코 길을 비켜주지 않았어요. 점점 여위어가는 말을 위해 저도 야위어야만 했어요. 앙상하게 뼈만 남은 살아 있는 말을 위해 주문을 외고 또 외곤 했는데…,

나의 행려였던, 나의 오지랖이었던, 또 나의 근심이었던 말은…

지금도 꿈속에서 말의 형상을 한 하얀 뼈 무더기를 봅니다. 죽었으나 살아있는 말, 놓아주자 했으나 아직 놓지 못한 말의 뼈들을…,

# 한참을, 울었다

신춘희

청탁이 오지 않아서 시집을 펴낸다

시들에게도 깃들어 살 집이 필요하니까

절망에 옹이가 박히니

절절함도, 깊어라


부질없다 중얼거리며 주소를 적다가

영혼이 너무 맑아서

애틋한 내 새끼들…

가슴에 꼬옥 껴안고

한참을, 울었다

  －『서정과 현실』(2021 하반기호)

〔시작노트〕

　사람이 사람에게 관심 밖에 놓여질 때 서럽다. 시인에게는 한 가지 고통이 더 추가된다. 쓴 시마저 지면을 얻지 못하고 외면받을 때이다. 강호江湖를 떠돌다가 제도권 안으로 돌아와 보니 강호에서의 풍찬노숙의 삶은 그래도 낭만적이었다. 대자연에서 겪는 고통에는 애틋함이라도 있다. 자유의 성취감 같은 그 무엇을 느낄 수도 있다. 제도권에서는 그렇지 않았다. 죽기 살기로 시조를 썼지만, 그것을 거두어주는 가슴 넓은 이는 드물었다. 내가 낳은 시조가 기죽어 있는 현실이 너무도 당혹스러웠다. 그래서 최근 내 시들에게 '깃들어 살 집(시집)'을 세 채나 지어 주었다. 전국의 시인들에게 그 소식을 전하자 많은 이들로부터 격려의 메시지가 당도했다. 그 과정에서 청탁을 받고 쓴 작품 중의 하나가 「한참을, 울었다」(2021 『서정과 현실』, 하반기호)이다. 작품을 읽은 독자들이라면 시인과 시의 혈연적 관계를 가감 없이 간파했을 것이다. 시인의 진심이 제대로 전달된 것 같아서 흐뭇하다. 시든 시조든 현실에서 출발해야 한다고 확신한다. 서정도 은유도 현실을 비켜 갈 수 없다. 그것은 시에 대한 모독일 수 있다. 시인인 이상 심금을 울리는, 서늘하면서도 감동적인 시조를 쓸 생각이다. 지금 이 순간, 날아갈 듯이, 기쁘다.

# 외달도

이숙경

때때로 틈이 날 때 곁이 되어 주는 섬
바람과 파랑에 밀려온 배 떠나보낸 뒤
느긋이 뒤돌아서서 달동 바다 거닌다

물때 오래 기다려 길을 여는 별섬처럼
내어 주고 바랄 것 결코 없는 외사랑
포도시* 털어놓으면 파도가 다독인다

외로운 건 섬 아닌 지독한 사람의 일
놀구름 내려앉아 함께 물드는 저물녘
노을에 타고 있는 난 맨 나중의 섬이다


* 겨우라는 뜻으로 전라도 방언.

－『대구시조』(2021 연간집)

〔시작노트〕

우리는 서로 섬이 되었다. 바다는 나를 보며 섬이라고 파도를 끌끌 차며 다가오고 난 바다를 보며 섬으로 빠져들었다. 외로움을 뼈저리게 느껴본 일이 있어 멀리 달아났지만 어쩌다가 다시 찾은 외로움이 견딜 만하다. 아무도 눈치채지 못하게 홀로 겪는 격정이다.

아는 사람도 없고 해도 되고 안 해도 될 일 따위는 다 버렸다. 해돋이와 해넘이 사이 경계를 넘나들며 아주 느린 시간의 흐름에 나를 맡겼다. 섬은 저보다 작은 나를 한참 동안 아늑히 품어 주었다. 섬은 늘 제자리에 있을 거라 믿고 수없이 떠나고 멋대로 돌아와 기대는 데도 말이다.

# 만선

이태순

비빌 언덕 하나 없는 벽에 갇힌, 고독한
불평등의 뒤편에도 문틈 사이 빛이 들 때
뒤척인 잠 털어내며 청년이 가고 있다

청춘의 팔 벌리면 바다가 다 안겼다
유채꽃 만개한 봄 사랑을 생각했다
사방이 막히지 않은 성산포에 해가 뜬다

푸른 피가 들끓는 청춘이 출렁인다
만선의 꿈을 꾸며 돛단배를 풀었다
어기차 돛을 올려라 항해가 시작이다

− 『서정과현실』(2021 하반기호)

〔시작노트〕

　사회의 양극화와 불평등이 지옥고에 이르게 한, 고독한 이 시대 공정만이라도 지켜달라는 수많은 청년들이 있다. 설 자리를 잃은 청년들이 구조적인 사회문제의 벽에 막혀 일용직으로 내몰리고, 목숨을 잃기도 하는 악순환이 반복되고 있다. 비빌 언덕 하나 없는 뒷배경이 든든하지 못한 청년들은 벼랑에 매달려 밥줄을 잡고 있다. 툭 끊어질지 모르는 밧줄을 잡고 있다. 높은 곳을 쉽게 오를 수 있는 탄탄한, 절대 끊어지지 않는 밧줄은 그 밥줄은 무엇으로 만든 줄인가?

　청년아! 사랑하는 나의 청년아!
　사방이 막히지 않은 성산포 수평의 푸른 바다가 널 위로하는구나, 그곳에서 파도와 마음껏 경쟁하렴, 어기차 돛을 올리고 만선의 꿈을 펼치렴, 유채꽃 흐드러진 섭지코지에서 사랑을 생각하렴
　청년아! 사랑하는 나의 청년아!

# 골목
— 몽타주

류미야

그 집이 또 나갔다
정확히는, 망해나갔다
일 년에도 몇 번을 새 간판 거는 자리
'화로 · 락樂'
이름값 못하고 불씨가 또 꺼졌다

건너편 볏짚구이 그 옆 마녀닭발집
매운 눈 끔뻑이며 아직 버텨내는데
바람 찬 모퉁이 집만 불씨를 꺼뜨렸다

쓸쓸쓸,
혀를 차던 활어네는 모처럼
물 만난 고기마냥 한 상 손님을 맞고
편의점 어린 알바는 게임 삼매경이다

날은 쉬 저물고
사월도
기우는 때

왠지 아직 오지 않은
새봄이 곧 온다는 듯

뽑기집 신바람 난 비트,
온 대문 두들기는데

－『정음시조』(2021 제3호)

〔시작노트〕

아무래도 골목은 생과 닮았다.

늦도록 흥성이는 날이 있는가 하면, 언제 망해나갔는지도 모르게 불이 꺼지기도 한다. 지인들로 북적이던 개업 첫날의 분주함이 밀쳐둔 채소처럼 금세 시드는 걸 보는 것도 어렵지 않은 일이다. 아예 점원을 쓰지 않는 무인가게가 몇 개나 는 것을 어느 날 문득 깨닫거나, 전혀 다른 업종으로 간판을 계속 바꿔 다는 어떤 '목'을 지나며 그저 지켜볼 수밖에 없다는 사실 앞에서 잠시 쓸쓸해지기도 한다.

그러나 골목은, 강인하다. 아등바등, 하다못해 지지부진일지라도, 돌아서 눈가 한번 쓱 훔치고 앙다문 입술로 다시 삶에 뛰어드는 우리들의 어머니처럼, 강하다. 어머니는 울지 않는다. 어머니는 질 수 없다.

# 지평선

최재남

떠안은 기도 무거워 주저앉은 하늘과

오르려 발버둥 쳐도 어림없던 땅이 만나

달동네 골목에 보낼 달 한 덩이 낳는다

－『시와소금』(2021년 봄호)

지평선을 보았다.
언제나 우러러보아야 하는 높디높은 하늘과
딛고 올라설 그 무엇도 없는 바닥의 땅이
자연의 양극화를 이겨내고 맞닿은 거기.

함께 탄생시킨 그 달 한 덩이가
이념의 갈등과 빈부의 격차로 멀어진
우리 삶의 어두운 양극화를 빛으로 채워주길 바라본다.

# 기러기통신

김미영

어머니 서랍에는 기러기 울음이 있다
서른 해 전 외상으로 놓고 가신 호마이카 농
반쯤은 칠 벗겨져도 그 울음이 묻어 있다

때아닌 역병으로 집안에만 갇힌 날
방청소 하다 말고 슬그머니 당긴 서랍
물 건너 내가 보냈던 그 전보를 내가 본다

열 글자에 오십 원 '납부금 급 송금 요망'
원고지 첫 줄에 뜬 가을 하늘 기러기 떼
저 하늘 한 줄로 줄여 유서처럼 품고 있다

– 『다층』(2021 여름호)

〔시작노트〕

글자 수가 돈으로 계산되는 때가 있었다.

열 글자에 50원,

〈ㅇㅇ일 ㅇ시에 전화요망〉이라고 전보를 치고 ㅇ시에 전화국
에 가서 기다리면 부모님이 제주 전화국에서 순천전화국으로 전
화하셔서 통화를 하곤 했었다.

부모님과 떨어져 어린 시절을 보내던 때 기한 내에 납부금 내는
게 무엇보다 어려웠다. 어떻게 하면 글자 수를 줄이고 내용을 잘
전할 수 있을까 수업시간 내내 교과서 귀퉁이에 연습에 연습을 거
듭하고 마침내 조퇴하고 전화국 가던 길…

줄이고 줄여서 만들어내는 열 글자

기러기는 공간을 넘나들고 호마이카농은 시간을 넘어

어머니와 닿아있다.

# 빛멍이 풀리는 순간 아날로그로 오는 봄

이명숙

먼저 현대시조의 정의가 무언지 어떻게 표현하는 게 옳은지 잘 모르지만, 나만의 말투로 첫, 느낌에 충실했음을 밝힌다.


[1]


정드리 창에 비친 시조 10선은 2021년 발표된 작품 중에서 정드리 회원 16명이 시쳇말로 '좋아요!'를 많이 누른 작품이다. 팬데믹으로 사회가 불안한 요즘의 상태를 다룬 시편들이 많았지만

폭설에 갇힌 듯 답답함도 잠시 백지 위에 뜬 블루스크린을 읽는다. 오류 정보를 알아챈 순간 백색에서 오는 공포 따위 이미 의지가 꺾인 상태.

시인들의 정서 속에 매복하고 있는 한 줄 희망의 빛을 봤던가.

[2]

　　놋보시기 동치미에 살얼음이 깔린 아침

　　뒤울안 장독간을 눈발이 서성였다

　　이따금 흙담을 넘는 늙은 소의 워낭소리
　　　　　　　　　　　　　－ 박기섭, 「워낭소리」 전문

　이슥한 서정에 시리지 않고 포근한 겨울 아침이 친구처럼
느껴집니다.
　뜻밖에 멀리 가신 어머니 섭섭해 서성이는 눈발로나 오셨
을까,
　가뭇없는 상상 속, 마음에 눈꽃 한 무더기 피웁니다.
　'흙담을 넘는 늙은 소의 워낭소리' 들으며, 있어도 좋고 없
어도 좋은 고향, 툇마루에 앉아 당신을 아는 듯한 흰 구름
눈 맞추며 유자차 한 잔, 하실래요?

　　청탁이 오지 않아서 시집을 펴낸다

　　시들에게도 깃들어 살 집이 필요하니까

　　절망에 옹이가 박히니

　　절절함도, 깊어라

191

부질없다 중얼거리며 주소를 적다가

영혼이 너무 맑아서

애틋한 내 새끼들…

가슴에 꼬옥 껴안고

한참을, 울었다

– 신춘희, 「한참을 울었다」 전문

코로나19에도 유채꽃은 피고 지는데요.

청탁은 올 생각이 없나 봅니다.

내 새끼들 생각하면 절망에조차 틀어박힌다는 옹이, 봄이 와도 시인의 집은 한숨만 깊어지는 요즘, 요즘만 아니지요.

시를 쓰는 동안이 천국 아닌 천국이겠지요.

스스로 마련한 집에서 영혼이 맑은 내 새끼들 초롱초롱한 눈망울에 치여 '한참을, 울었다'는 시인의 마음이 따뜻해서 그나마 위안이 되는군요.

불안이야 잠을 자든 말든 시인은 또 오늘의 시를 쓰겠지요.

세상 참 힘들게 하지만 홍매화 흐드러지게 핀 마음의 봄을 희망합니다.

그 누가 버렸을까, 원목의 저 책꽂이
재활용품 모퉁이에 소낙비 맞고 있다
거둘 걸, 하는 마음이
집안까지 따라왔다

살다보면 이러한 일 어디 한둘일까
지난날 아차, 하다 놓쳐버린 말 한마디
다음에, 다음에 하다
엇갈렸던 길도 있지

― 김숙희, 「햄릿증후군」 전문

쉬운 선택이 있을까요?

사랑이든 사람이든 물건이든, 마음이 마음을 모른다는데 넘쳐나는 정보의 바다에 가라앉은 우리 늘 고민해도 어려운 게 선택이죠.

전하고 싶은 말도 '아차, 하다' 혹은 '다음에, 다음에 하다' 엇갈림이 비수처럼 꽂히기 전에 하고 싶은 말을 하세요.

오늘의 꽃을 피우려면 아무것도 하지 않는 것보다 행동하는 용기가 필요한 시점이네요.

후회보다 실수가 아름다울 수 있습니다.

반딧불이 빗금 긋는 강변마을 시인의 집
사무치게 서러운 소쩍새 울음 받아

시인은 시 한 덩이를 이슥토록 굽고 있다

설익어서 더 구우면 숯덩이가 되곤 하는
드센 시와 씨름하다가 지쳐버린 행간엔
상상의 완행열차가 덜컹이며 지나갔다

깊은 잠 호리병으로 시인이 빠져들자
처마끝 별들이 와서 시 굽는 시늉하더니
원고시 칸칸마나에 애벌레처럼 들었다
                      – 김강호, 「시 굽는 마을」 전문

이토록 아름다운 마을이 있었군요.
아득히 먼 그리운 '시 한 덩이 이슥토록 굽고 있는', 소쩍
새는 수컷만 운다지요. 보릿고개의 절정인 4월과 6월 사이
라는데…
사실 제 시는 매일 보릿고개인데요, 상상은 암컷도 울게
하는군요.
어떻게 이렇게 다정한가요. 처마끝 별들이… 원고지 칸칸
마다에 든, 이 밤을 훔치고 싶군요.
밤마다 시가 별이 되어 돌아오는 마을에 살고 싶습니다.

때때로 틈이 날 때 곁이 되어 주는 섬
바람과 파랑에 밀려온 배 떠나보낸 뒤
느긋이 뒤돌아서서 달동 바다 거닌다

물때 오래 기다려 길을 여는 별섬처럼
내어 주고 바랄 것 결코 없는 외사랑
포도시* 털어놓으면 파도가 다독인다

외로운 건 섬 아닌 지독한 사람의 일
놀 구름 내려앉아 함께 물드는 저물녘
노을에 타고 있는 난 맨 나중의 섬이다

* '겨우'라는 뜻으로 전라도 사투리

– 이숙경, 「외달도」 전문

섬은 외로운 거라고 말한 사람 나와보세요. 장난이죠?
외로운 건 '지독한 사람의 일'이라고 말하는 시인이 있다.
목포시 달동이 본적인 아름다운 섬 외달도에서 봄 햇살처
럼 스며든 오늘 잠시 목련처럼 희게 웃는 얼굴들, 사랑하는
사람과 친구와 가족과 한데 어우러져 웃고 떠들면서 외달도
와 한통속이 되어도 보았던가.
정작 '맨 나중의 섬'이 된 시인의 노을이 호명한 새벽을 본
다.
코로나19가 사연을 읽는 봄은 다시 오지 않기를…

아버지, 간밤에 말이 죽었어요

그때 고삐를 놓은 건지 놓친 건지

쏟아진 햇살이 무거워 눈을 감았을 뿐

한 발 올라가면 두 발 미끄러지는

잿빛 모래언덕도 시간을 허물지 못해

이곳은 지평선이 가둔 미로의 감옥입니다

한세월 신기루만 쫓다가 허물어지는

사방이 길이며 사방이 절벽입니다

아버지, 간밤에 홀연히 제 말이 죽었어요
　　　　　　　　　　－ 손영희, 「고비, 사막」 전문

　고비와 사막 사이 고단한 삶의 한가운데 고비 사막 아버지가 계시다.

　시인의 말이 간밤에 죽었다는데 압축파일 같은 제목 속에서 고삐와 고비와 고비 사막 아버지를 닮은 시인의 정체성을 만난다.

　'지평선이 가둔 미로의 감옥'에서 부고처럼 뜨는 상념은 신기루일까?

　암시하는 말맛이 사뭇 맵고 쓰지만 탄생은 아름다운 것, '간밤에 홀연히' 죽은 말들이 돌아오는, 예술의 신성에 파묻힌 순간의 빛이 신기루 아닐까?

신기루에 강타당한 급소에서 말꽃이 피는 걸 본다.

말을 잃고서야 말을 얻은 시인을 상상하는 시간이 환하
다.

　　비빌 언덕 하나 없는 벽에 갇힌 고독한
　　불평등의 뒤편에도 문틈 사이 빛이 들 때
　　뒤척인 잠 털어내며 청년이 가고 있다

　　청춘의 팔 벌리면 바다가 다 안겼다
　　유채꽃 만개한 봄 사랑을 생각했다
　　사방이 막히지 않은 성산포에 해가 뜬다

　　푸른 피가 들끓는 청춘이 출렁인다
　　만선의 꿈을 꾸며 돛단배를 풀었다
　　어기차 돛을 올려라 항해가 시작이다

　　　　　　　　　　　　　　– 이태순, 「만선」 전문

요즘 청년들, "사는 게 너무 힘들어요"

경기 수원시 〈세계타임즈〉 세계로컬핫뉴스 제목이다.

문명의 독재가 젊은이들을 병들게 하는 건 아닌지…

입춘이 가고 우수가 오고 풀린 강물이 노래하듯이 시작하
라, 청춘이여!

'사방이 막히지 않은 성산포에 해가' 뜨듯이 말이다.

봄이 오지 않는 야속한 계절, 출렁이는 청춘을 읽는 시인
의 입가에 붉은 해가 떠오른다.

'만선의 꿈을 꾸며 돛단배를' 푼 그대여! 그림자를 깨워라.
마스크를 벗고 봄을 시연하는 날 오늘이기를…
세상아, 청춘에 따뜻한 배려와 지원을 아끼지 마라, 부디.


　　　떠안은 기도 무거워 주저앉은 하늘과

　　　오르려 발버둥 쳐도 어림없던 땅이 만나

　　　달동네 골목에 보낼 달 한 덩이 낳는다
　　　　　　　　　　　　　　　　 - 최재남, 「지평선」 전문


'주저앉은 하늘과' 오르지 못한 '땅이 만나' 검푸르게 멍든
맨발로 밑줄 그은 한 생의 그림자입니다.
　르네 마그리트의 〈연인〉처럼 답답하고 불투명한 미래, 팬
데믹의 연인처럼 고립된 그곳으로 보낼 '달 한 덩이 낳는' 사
랑이 움돋는 밤.
　코로나19보다 가까이 또 어디에나 있는 희망이 자유롭기
를…
　세상의 장막을 찢는 시인의 기도에 손 얹어도 되겠죠?


　　　그 집이 또 나갔다
　　　정확히는, 망해나갔다
　　　일 년에도 몇 번을 새 간판 거는 자리
　　　'화로 · 락樂'
　　　이름값 못하고 불씨가 또 꺼졌다

건너편 볏짚구이 그 옆 마녀닭발집
매운 눈 끔뻑이며 아직 버텨내는데
바람 찬 모퉁이 집만 불씨를 꺼뜨렸다

쓸쓸쓸,
혀를 차던 활어네는 모처럼
물 만난 고기마냥 한 상 손님을 맞고
편의점 어린 알바는 게임 삼매경이다

날은 쉬 저물고
사월도
기우는 때

왠지 아직 오지 않은
새봄이 곧 온다는 듯

뽑기집 신바람 난 비트,
온 대문 두들기는데

　　　　　　　　　　　　　　　－ 류미야, 「골목」 전문


빛도 어둠도 맨발인 세상이 있다.
'화로·락樂'의 들끓는 재미도 '마녀닭발집'의 마녀도 '이름
값 못하고 불씨'를 꺼뜨리는 시절이다.
하얀 맨발로 '쓸쓸쓸' '혀를 차던 활어네는 모처럼' 손님 한
상에 활기를 탕진하고, '편의점 어린 알바는 게임 삼매경' 생

의 감각을 잃은 상가 골목의 풍경은 오늘의 몽타주.

빛은 멍들어도 봄은 대구 오는데 시인의 '뽑기집 신바람 난 비트,' 타고 오르는 봄바람 향기 싱싱한데, 왜, 모래바람 속에서 끔벅이는 낙타의 눈이 떠오를까.

슬픔은 소복해도 단순하기를…

삶은 별거 아니다. 환청이 윤슬처럼 유혹적이다.


　　　어머니 서랍에는 기러기 울음이 있다
　　　서른 해 전 외상으로 놓고 가신 호마이카 농
　　　반쯤은 칠 벗겨져도 그 울음이 묻어있다

　　　때 아닌 역병으로 집안에만 갇힌 날
　　　방청소 하다말고 슬그머니 당긴 서랍
　　　물 건너 내가 보냈던 그 전보를 내가 본다

　　　열 글자에 오십 원 '납부금 급 송금 요망'
　　　원고지 첫 줄에 뜬 가을 하늘 기러기 떼
　　　저 하늘 한 줄로 줄여 유서처럼 품고 있다
　　　　　　　　　　　　　　　　 – 김미영, 「기러기통신」 전문


하늘 구만리 너머에 계신 어머니가 보고 싶은 날이 있다.

서른 해 전쯤 시인의 어머니가 돌아가셨나 보다.

시인이 '때아닌 역병으로 집안에만 갇힌 날' 어머니, 서랍 속에서 발견한 '납부금 급 송금 요망' 기러기 울음이 낭자하다.

멀리, 압축한 젖은 문자 보내놓고 아름다운 비행을 시작
한 시인의 그리움 한 줄이 사과꽃보다 희다.

어머니 사실의 진리에 각주를 달아도 될까요?


[3]


시인의 시적 지점에서 발화된 시어들의 옹알이를 들었다
고 해야 할까.

상상보다는 체험적인 시편들을 읽으며 울컥대기도…

각자의 오감과 개성적 이미지에 스며들어 특별한 여행이
었다는 고백은 비밀 아님.

코로나19도 감각을 잃은 채 이제 마지막 차에 올라탔고

그동안 잘 버텨준 땅에서 시의 풀씨가 해야 할 일만 남지
않았을까.

어서 이 사태가 끝나고 우리, 한번 안아볼 수 있기를….

# '정드리 창에 비친 좋은 시조' 리뷰

우은숙/ 이승은의 「찔레」

# 찔레

이승은

누가 숨겨 두었다면 숨어서 지냈다면
꽃 아닌 적 없었다는 그 말 이제 알겠다

한 시절
설핏한 둘레
하염없이 피었다는

해마다 유월이면 손사래 치던 당신
소주를 사발에 따라 연거푸 들이켰다

총성에
찢기는 하늘
까무러쳐지더라는

전쟁 끝에 덩그러니 외눈으로 돌아와서
가파른 여울목에 낳아 기른 다섯 남매

가끔씩
꺼진 눈자위

없는 눈을 찔렀다는

−『다층』(2020 여름호)

**이승은** 1979년 문공부, kbs주최 전국민족시대회로 등단.
시집으로『첫, 이라는 쓸쓸이 내게도 왔다』『어머니, 尹庭蘭』『얼음동백』
『넬라판타지아』『환한 적막』외 5권, 태학사100인시선집『술패랭이꽃』

한국전쟁과 시아버님, 유월이 오면 사발에 소주를 따라놓고 부르시던 백난아의 찔레꽃.

먼 길 떠나신 지 십여 년이 훌쩍 지났지만, 찔레가 피면 숨고 싶다던 말씀이 아직도 귀에 젖는다. 아버님 기일 밤, 따라놓은 술잔에 띄웠던 꽃잎 한 장.

찔레는 아버님을 숨겨주었다.
그렇게 숨어 지낸 당신은 해마다 꽃이 되었다.

# 실존의 감각이 환치된 심미적 감각
— 이승은의 「찔레」

## 우은숙

　최고의 작품을 다 함께 두 손으로 번쩍 들어 올리는 일, 그것은 산바람 나는 일이다. 정드리문학회가 10집을 세상에 내놓는다. 10이라는 숫자가 의미하는 바는 상당히 크다. 문학사를 연구할 때도 10년 단위로 문학적 특징을 꼽는 것은 10년이라는 단위가 갖는 의미 때문이다. 제10집을 발간하는 정드리 회원들은 1집에서 9집까지 〈정드리 창에 비친 좋은 시조 10〉을 총망라하여 90편 중에 투표로 가장 좋은 작품 1편을 뽑기로 하였다. 그 결과 이승은의 「찔레」가 가장 많은 표를 받아 선정되었다. 이것은 그동안의 시간을 아우르는 하나의 지점이며, 그 꼭지점에 방점을 찍는 화려한 되새김이다. 더구나 회원들의 투표에 의해 결정된 일이기에 그 의미가 더욱 크다 하겠다.

　회원들이 뽑은 이승은의 「찔레」는 시인의 시작노트에서 알 수 있듯이 "먼 길 떠나신 시아버님의 기일"에 "찔레가 피는 유월이 오면 숨고 싶다던 말씀"과 "소주를 따라놓고 부르시던 백난아의 찔레꽃"을 중첩시켜 의미화한 작품이다. 시적 주체인 '당신'은 왜 "숨고 싶"은 것인가, 왜 "사발에 소주를 따라" 마시는가. 그것은 6 · 25전쟁의 상처가 아직도 현재진행형이기 때문이다. 전쟁을 경험한 세대가 살고 있는 한 현실태인 것이다. 전쟁은 실존적 불안으로부터 치유되지 않는 트라우마다. 들뢰즈에 따르면 "감각은 주객의 이분법에 기초한 '존재론적인 사건'이다."라고 한다.

누가 숨겨 두었다면 숨어서 지냈다면
꽃 아닌 적 없었다는 그 말 이제 알겠다

한 시절
설핏한 둘레
하염없이 피었다는

해마다 유월이면 손사래 치던 당신
소주를 사발에 따라 연거푸 들이켰다

총성에
찢기는 하늘
까무러쳐 지더라는

전쟁 끝에 덩그러니 외눈으로 돌아와서
가파른 여울목에 낳아 기른 다섯 남매

가끔씩
꺼진 눈자위
없는 눈을 찔렀다는

               − 이승은, 「찔레」(『다층』 2020 여름호)

세 수로 구성된 이 시조의 시적 주체인 아버님은 "해마다 유월이면" "소주를 사발에 따라 연거푸 들이"키면서 "총성에 찢기는 하늘"을 기억한다. 기억하고 싶지 않아도 기억할 수밖에 없다. 유월이면 어김없이 피는 찔레꽃 때문이다. 이는 시적 주체자의 삶의 한 축과 서정의 한 축이 내적으로 결합되는 과정이다. 시인은 아버님을 보면서 자연 속에 내재된 존재의 회귀성을 발견한다. 즉, 잠재적 존재가 현실이 되는 것이다. 이러한 존재의 회귀성은 전쟁이라는 험난한 경험 끝에 보이는 무의식이다. 그런 점에서 시적 주체가 느끼는 근원적 정체의 이정표이자 정신의 회귀는 바로 "찔레"인 것이다. 전쟁 끝에 "외눈으로 돌아와서" 다섯 남매를 낳아 기르고, "한 시절 설핏한 둘레"에 하염없이 핀 찔레가 아버님을 숨겨주었기에 그 아버님은 "해마다 꽃이 되었다"라고 한다.

여기서 "외눈"은 다양한 상징을 의미한다. 두 눈으로 똑바로 바라볼 수 없는 현실, 실존의 감각이 환치된 찔레 속에서 시적 주체는 "가끔씩 꺼진 눈자위"로 "없는 눈을 찔렀다"고 한다. 이는 인간이 가진 감각을 확장해서 노래한 것이다. 전쟁을 겪은 사람과 겪지 않은 사람의 정체성은 확연히 다를 수밖에 없다. 세월이 지나면서 자연스럽게 치유될 것만 같은 전쟁이라는 특성은 아무리 세월이 지나도 어김없이 유월이면 되살아나 불안을 고조시킨다. 이러한 실존적 불안은 찔레로 상징화된다. 그렇기 때문에 시인은 "누가 숨겨 두었"고 "숨어서 지냈다면 꽃 아닌 적 없었다"는 말을 "이제 알겠다"고 한다. 한 시대를 관통하는 어둠의 정서가 시인의 경험 속에 오롯이 새겨져 나온다.

우리가 알고 있는 가요 〈찔레꽃〉은 1941년에 발표된 곡이다. "찔레꽃 붉게 피는 남쪽 나라 내 고향, 언덕 위에 초가삼간 그립습니다."의 가사처럼 전쟁 시절 고향에 대한 그리움이 애절하게 다가온다. 또한 "자주 고름 입에 물고 눈물 젖어 이별가를 불러주던 못 잊을 사람아."의 가사에서 발현되는 현실은 생이별한 사람을 잊지 못하는 인간적인 고뇌가 그대로 전달된다. 따라서 이 노래는 작품 속 배경음악이 되어 귓가에 들리는 듯하다. 노래에 나오는 찔레를 그리움의 정한이라고 한다면 이승은의 찔레는 "한 시절/설핏한 둘레/하염없이 피"어나는 찔레다. 그 세월을 건너 시적 주체는 "해마다 꽃이 되었다." 이는 역사와 자연의 이중구조를 상호작용의 개념으로 사용한 것이다. 자연은 그 자체로 가치를 지니며, 인간의 불안을 어루만져준다. 이렇듯 이승은의 「찔레」는 인간 실존의 불안을 자연적 상관물로 환치하면서 표출한다. 인간이 가진 심리적인 가치와 존재적 가치는 자연의 순환원리 앞에 꽃으로 형상화된다. 이승은의 심미적 감각이 서정의 절제 속에서 구체화 되는 대목이다.

여기서 잠깐 이승은의 시세계를 짚어보자. 이승은의 작품은 현대시조의 현주소라 할 수 있다. 왜냐하면 이승은의 시에 나타난 다양한 이미지 구사 방식은 섬세하고도 탁월한 시어 선택과 효과적인 구성 방식, 그리고 여백을 통한 정형 시학의 확장 등 시조 본연의 절제의 미학과 율격의 미학적 성취를 개성 있게 자리매김하고 있기 때문이다.

그동안에 나온 이승은의 시적 성과에 대한 평가를 보면 매우 다양하다. 박진환은 "관념이나 정서를 감각화하고 객관적 상관물로 새로운 정서를 환기시킨다"고 하였다. 특히, 박진환의 평가 중 "세계와 자연과 인간의 화해로운 공존의 공간 설정으로 동일성을 획득한다"고 한 평가는 작품「찔레」에 나타난 인간과 자연의 조화가 이에 해당된다고 볼 수 있다. 박기섭은 "사랑의 영원성과 존재론적 인식에 뿌리를 두고 있다"거나 "고도의 시상을 응축하면서 신선한 감각과 정신의 숙도를 보여준다"고 하였다. 또한 구모룡은 "열림과 닫힘, 자유와 구속의 긴장이 형식적 안정을 되찾으면서 삶의 구체적 감각을 살려내고 있다."고 하였다. 손진은은 이승은의 시조를 "지독한 사랑 노래"라 규정하고 "대상의 중심에 가 닿기 위한 고투와 함께, 혼을 일으켜 세우려는 혼의 작업과 내밀하게 연결된다."고 하였다. 여기에 더하여 유성호는 이승은 시조에 대하여 "격정과 내성을 결속한 심미적 감각의 세계를 다양한 형상으로 보여준다."고 하였다. 이는 이승은 시조에 대한 시적 성과에 대한 평가뿐만 아니라, 형식과 내용 등에 대한 평가에 이르기까지 다양하게 개진된 것으로 파악된다. 이렇듯 이승은 시조는 존재론적 인식에 뿌리를 둔 치열한 서정의 절제와 심미적 기품으로 표현될 수 있다.

정드리 창에 비친 최고의 작품인 이승은의「찔레」는 전쟁이라는 극한상황과 생명으로 대별할 수 있는 찔레꽃의 상관관계 속에서 시인이 시적 성취가 돋보이는 작품이다. 특히 삶의 한 지점에 닿아있는 사건을 시인의 눈을 통해 탐구해 내는 것은 '실존의 감각이 환치된 심미적 감각'인 것이다.

해마다 다양한 꼭지로 읽을거리를 풍성하게 차려낸 정드리는 그동안 10집이라는 의미 있는 업적을 이루었다. 이제 정드리에게 새로운 활로를 찾을 것을 제안해 본다. 동인지 형태의 책이 아니라 새로운 탈바꿈이 필요한 때가 왔다. 지금까지의 경험은 성공적인 동인지 발간으로 이어졌으니 이제부터는 문예지로서의 새 길을 걸어 나가는 것은 어떨까. 그동안 굳건한 토대가 마련된 만큼 이제는 미래를 향한 발걸음으로 새 길을 걸어가길 바란다.

**우은숙** 1998년 동아일보 신춘문예 당선, 시집 『물무늬를 읽다』 『그래요, 아무도 모를 거예요』 외 출간, 평론집 『생태적 상상력의 귀환』 출간, 중앙일보시조대상 신인상, 김상옥시조문학상 수상, 한국시조시인협회, 오늘의 시조시인회의, 역류

# 정지용의 시조

## —「아음의 日記」

이정환

# 정지용의 시조
— 「아음의 日記」

이정환

## 1.

한국시조시인협회 기관지인 계간 『시조미학』에는 '바깥의 창'이라는 꼭지가 있다. 외부 시선은 시조를 어떻게 보고 있는가 하는 데 초점을 둔 기획 특집이다.

아동문학가 신형건[1]은 시조에 대해 경탄하고 있다. "미학적인 탁월함, 다양한 변주, 과감한 파격"을 드러내는 시조를 읽었기 때문일 것이다. 그러면서 소박한 작품에 대해 관심을 가진다. 단시조를 두고 하는 말로 보인다.

시인 이규리[2]는 국한된 견해라는 단서를 달면서 "서경과 감탄, 애환과 관념이 사라지지 않는가"라고 말한다. 그러나 이것은 어디 시조뿐이랴. 자유시에도 그러한 정황은 자주 보인다. 이 점은 개별적으로 판단할 일이다. 앞서가는 적지 않은 시조시인들은 "서경과 감탄, 애환과 관념"을 탈피하거나 뛰어넘어 또 다른 새로운 목소리를 창출하고 있기 때문

---

1) 신형건, '나는 시조의 독자다' (『시조미학』, 여름호 2021)
2) 이규리, '시조가 가져올 눈부신 말' (『시조미학』, 여름호 2021)

이다. 그런 점에서 "고통과 질문이 없다는 느낌"도 마찬가지다. 요즘 창작되고 있는 신예시인들에게는 그러한 시도와 도전이 작품을 통해 체현되고 있다. 다만 전반적으로 더욱 치열해야 한다는 점은 적극적으로 수용해야 할 것이다. 덧붙여서 이규리는 "불가피한 정도의 형식은 유지하면서 내용은 무한대의 자유와 도발을 감행하는 자의 눈부신 발걸음"을 제시하면서 "시조가 의식의 첨단을 선도"하리라는 기대"를 드러낸다. 이 역시 시조나 자유시가 함께 짊어지고 갈 과제다.

시인 손택수[3]는 시조를 "소리와 뜻이 가장 긴밀하게 결합된 장르"라고 보고 있다. 그래서 "시조에서 시가 잃어버린 입술을 되찾고 싶다."라고 희망한다. 소리 내어 읽어서 자연스러운 시를 신뢰하기 때문이다. 시조가 나아갈 방향을 은연중 제시하고 있다.

공연 제작자인 지나 김[4]은 "시조의 운율과 최소한의 글자 수는 철저하게 군더더기가 없"는 점에 초점을 두고 "복잡한 현대인의 삶에 여백의 미"를 가져다주는 장르로 인식하고 있다. 그래서 "누구나 쉽게 읽고 각자의 해석에 따라 즐기면 되는 것"으로 본다. 그렇다. 각자의 경험체계 안에서 음미하면 될 일이다.

소설가 하성란[5]은 시조에 대해 "하고 싶은 많은 말들을 아

3) 손택수, '시의 입술' (『시조미학』 가을호 2021)
4) 지나 김, '시조에 대한 나의 생각' (『시조미학』 가을호 2021)
5) 하성란, '문득, 시조 생각' (『시조미학』 가을호 2021)

끼는 것, 주저하면서 삼가는 마음, 넘치지 않는 마음"을 담는 시의 한 갈래로 보고 있다. 그것이 진정 시조만의 매력이라는 것이다. 그런 점에서 말을 아끼는 일, 넘치지 않는 마음과 더불어 글감이 되는 모든 사물이나 세계 앞에서 겸허한 태도를 늘 견지해야 할 것이다.

시인 장하빈[6]은 "우리 민족의 대표적인 정형시는 시조가 으뜸이다. 따라서 언젠가 우리나라에 노벨문학상이 주어진다면 그것은 아마도 우리 민족의 전통적인 정서나 가락을 지닌 시조 장르에 돌아가야 마땅하다는 말에 기꺼이 동의한다."라고 말하고 있다. 노벨문학상이 최종 목적은 아니지만, 지금까지 한 사람의 수상자도 배출하지 못했기 때문에 그럴 것이라는 느낌을 받는다.

시인 변희수[7]는 "가끔 시조를 소리 내어 읽다 보면 자연스럽게 리듬에 몸이 실리게 되고 3장 6구의 나뭇잎들이 내는 목소리에 솔깃하게 된다."라면서 "저 예민한 신발을 끌고 어딜 가시려나. 가끔 시조에서 시로 건너오는 이들을 만날 때가 있다. 경계가 흐려지는 환경 속에서 대수로운 일도 아니지만 한 번 몸에 깃든 '율의 정령을 어찌 하시려구요.'라고 속으로 묻는다."라고 진지하게 시조에 대한 생각을 펼친다. 이어서 "흔들리지 마, 율을 부탁해!"하면서 "격은 율을 지키고 율은 격으로 인해 더 다정할 수 있다."는 것을 상기시킨다. 시조를 쓰는 이라면 누구나 귀담아들

6) 장하빈, '내 시의 가락' (『시조미학』 겨울호 2021)
7) 변희수, '율의 정령을 어찌 하시려구요' (『시조미학』 봄호 2022)

을 말이다.

이상으로 시조에 대한 여러 시선을 살폈다. 시조에 대한
사랑과 더불어 엄정한 눈길로 시조를 읽고, 시조가 나아가
야 할 방향을 제시한 견해는 깊이 새겨야 할 것이다. 전통적
기율에 충실하면서 시대정신에 답하는 부단한 천착과 혁신
이 새로운 예술 세계를 열 수 있는 길이 되기 때문이다.

2.

최근에 정지용의 시조 「아음의 日記」를 한기팔 시인이 새
롭게 발굴했다. 시조문단으로 볼 때 매우 의미 있는 일이다.
「아음의 日記」는 무려 아홉수나 되는 긴 호흡의 시조다.

주지하다시피 1902년에 출생한 정지용은 근대시인 중에
걸출한 인물이다. 사물의 감각적 인상이나 공간성의 이미지
축조, 생명의 신비성 추구, 정밀한 화평의 시는 그가 일생
동안 추구한 세계다. 언어의 감각미를 개척한 시인으로
1930년대 한국시단을 주도했고, 『문장』을 통해 많은 후학들
을 문단에 천거한 것은 큰 업적이다. 유작으로는 『정지용시
집鄭芝溶詩集』(시문학사, 1935)·『백록담白鹿潭』(문장사, 1941) 등
두 권의 시집과 『문학독본文學讀本』(박문서관, 1948), 『산문散文』
(동지사, 1949) 등 두 권의 산문집이 있다. 1988년 민음사에
서 시집과 산문집으로 구분하여 전집이 간행되었다.

큰 바다 아페 두고 흰 날빛 그미테서
한 백년 잠자다 겨우 일어나노니
지난세월 그마만치 긴 하품을 하야만.

아이들 총중에서 승나신 장님막대
함부루 내두루다 빼ㅅ기고 말엇것다
얼굴 붉은 이 친구분네 말슴하는 법이다.

장자에 처쳐 잇는 기름을 씨서 내고
너절한 볼따구니 살뎅이 떼여내라
그리고 피스톨알처럼 덤벼들라 싸호자!

참새의 가슴처럼 깃버 뛰어 보자니
숭내인 사자처럼 부르지저 보자니
氷山이 푸러질만치 손을 잡어 보자니

시그날 기운 뒤에 갑자기 조이는 맘
그대를 시른 차가 하마 산을 돌아오리
온단다 온단단다나 온다온다 온단단다.

「배암이 그다지도 무서우냐 내 님아」
내 님은 몸을 떨며「배ㅁ만은 실허요」
꽈리가치 새빨간 해가 넘어가는 풀밧우

이지움 이실露이란 아름다운 그말을
글에도 써본 적이 업는가 하노니
가슴에 이실이이실이 아니나림 이여라

이 밤이 기풀수락 이 마음 가늘어서
가느단 차디찬 바눌은 잇스려니
실이 업서 물디린 실이 실이 업서 하노라.


한백년 진흑 속에 뭇졋다 나온 듯,
긔처럼蟹처럼 여프로 기여가 보노니
머—ㄴ푸른 하늘 아래로 가이업는 모래밧.

– 「아음의 日記」 전문

　「아음의 日記」는 1925년 『학조學潮』 창간호에 「카페 프란
스」를 비롯하여 동시를 발표할 때 수록된 작품이다. 1921년
최남선이 『개벽』에 첫 시조 「기쁜 보람」을 발표한 뒤 그 몇
년 후인 1926년 최초로 개인 시조집 『백팔번뇌』를 간행하고
시조 부흥의 이론적 토대가 된 「조선국민문학으로서의 시
조」 등의 이론을 발표했다. 이로 볼 때 1925년에 발표된 정
지용의 「아음의 日記」는 더욱 그 의미가 크다. 그 무렵인
1927년 자산 안확이 「시조작법」을 발표한 것도 상기할 필요
가 있다. 안확은 그 뒤 「시조의 연원」「시조의 연구」「시조의
작법」「시조의 체적 · 풍격」「시조의 선율과 아투」「시조의 사
자」「모범의 고시조」「시조시학」「시조의 세계적 가치」「시조
시와 서양시」 등을 발표하여 시조문학 발전에 기여했다. 그
리고 이미 널리 알려진 이병기, 이은상, 조운, 정인보 등이
가세하면서 현대시조의 초창기는 융성의 기틀을 마련한 것
이다.

「아음의 日記」에서 아음은 하품이라는 뜻이다. 그러니까 「하품의 일기」다. 먼저 살필 것은 아홉 수 중에 네 군데 종장 첫 마디다. "지난 세월, 얼굴 붉은, 꽈리가치, 실이 업서"에서 보듯 3이 아니고 4음보다. 시조 형식에서 이 점은 중요하지만, 전체적으로 볼 때 유장한 흐름을 가진 「아음의 日記」는 시조성을 구비하고 있기 때문에 그 점에 더 많은 비중을 두어야 옳을 것이다.

「아음의 日記」는 감각적인 이미지 구사에 탁월했던 시인의 시조로서 손색이 없다. 역시 정지용이다, 라는 느낌을 받기에 부족함이 없는 시상 전개를 보이고 있다. 첫 수에서 큰 바다 앞에 두고 흰 날빛 그 밑에서 한 백 년 잠자다 겨우 일어나서 지난 세월 그마만치 긴 하품을 하고 있다고 진술한다. 둘째 수에서 아이들 총중에서 성나신 장님막대를 함부로 내두르다 뺏기고 말았겠다, 하면서 얼굴 붉은 이 친구분네 말씀하는 법이다, 라고 한다. 셋째 수에서는 창자에 처져 있는 기름을 씻어내고 너절한 볼따구니 살덩이 떼여내라, 라고 한 뒤 그리고 피스톨알처럼 덤벼들라 싸우자!, 라면서 별안간 다툼을 부추긴다. 하품 나는 지루한 시간을 이기고자 하는 강렬한 열망이 드러나는 대목이다. 넷째 수는 감정이 더욱 고조되어 참새의 가슴처럼 기뻐 뛰어 보자, 성내인 사자처럼 부르짖어 보자, 氷山이 풀어질 만치 손을 잡아 보자, 라고 하면서 삶에 역동성을 부여한다. 참새처럼 뛰는 가슴, 성난 사자, 빙산의 풀어짐을 위한 손잡기라는 시청각 이미지가 동원되어 활력을 불어넣는다. 다섯째 수는 시그널

기운 뒤에 갑자기 조이는 맘으로 그대를 실은 차가 하마 산을 돌아오리, 라면서 종장이 이채롭게 직조되어 있다. 즉 "온단다 온단단다나 온다온다 온다단다"이다. 온다, 혹은 온단다를 여러 차례 반복하면서 그대가 속히 오기를 간절히 기다리고 있다. 여섯째 수는 뱀이 등장한다. 배암이 그다지도 무서우니 내 님아, 라고 말하면서 내 님은 몸을 떨며 배암만은 싫어요, 라고 말하는 것을 듣는다. 그때 꽈리가치 새빨간 해가 넘어가는 풀밭 위에서 느끼는 소회. 일곱째 수에서 시의 화자는 이즈음 이슬이란 아름다운 그 말을 글에도 써본 적이 없음을 떠올리면서 가슴에 이실이이실이 아니 나림이여라, 라고 그 까닭을 표출하고 있다. 남다른 언어 감각이 여기에서도 돋보인다. 여덟째 수에서 이 밤이 깊을수록 이 마음 가늘어서 가느단 차디찬 바늘은 있으려니 실이 없어 물들인 실이 없음을 자탄한다. 이 대목 역시 정지용이 얼마나 섬세한 시인인지 극명하게 입증한다. 끝수에서 화자의 시선은 한 백 년 진흙 속에 묻혔다 나온 듯 게처럼 옆으로 기어가 본다면서 먼 푸른 하늘 아래로 가없는 모래밭을 독자에게 열어 보이면서 「아음의 日記」는 마무리되고 있다.


3.


　1926년에 발표된 정지용의 유일한 시조 「아음의 日記」를 2022년에 찾아낸 것은 거의 100년에 가깝다. 빼어난 시인이 시조 창작에도 관심을 가졌던 일은 시조문학사적으로도 큰 의미가 있는 일이다. 더구나 「아음의 日記」는 9수의 긴 호흡에다가 섬세한 감각적 언어 운용과 더불어 활력을 불러 일으키는 역동적인 이미지 직조로 또 다른 시조의 맛을 내고 있어 주목된다. 정지용 시문학 연구에서 빼놓을 수 없는 사료적 가치가 있다. 시조의 역사를 기술할 때 당연히 포함해야 할 것이다.

정지용의 「아음의 日記」가 시조를 쓰는 이들에게 널리 알려졌으면 한다. 앞서 살폈듯이 변희수의 "율의 정령을 어찌하시려고요"라는 질문이 이어져서 1926년 발표된 정지용의 「아음의 日記」가 다시 우리에게 "율의 정령을 어찌할 텐가?"라고 묻는 듯하다.

「아음의 日記」는 몇 군데 시조형식을 못 갖추고 있지만, 시조만이 가지는 아름다움이 곳곳에 산재해 있다. 미학적 울림이 유별하여 귀중한 연구 대상이다. 앞으로 다른 연구자가 더 깊이 고찰하였으면 하는 바람으로 이 글을 맺는다.

─ 이정환(시인 · 한국시조시인협회 이사장)

# 제주 동시조

# 비밀이잖아 외 1편

김양희

굴뚝 연기가 오늘 일기를 쓰네.

별님 달님 보고고 모두 다 공개하네.

일기는 비밀이잖아
연기가
구부러지네.

# 봄의 잔등

봄볕 쬐고 있으면
따뜻한 등 내줄 것 같아.

아지랑이 피는 등에
새싹이 돋을 것 같아.

담벼락
기대어 조는
촉촉한 강아지 코.

**김양희** 2016년 『시조시학』 등단. 2018년 「푸른동시놀이터」 동시조 추천완료.
시조집 『넌 무작정 온다』(한국문화예술위원회 2020년 문학나눔 선정시집).
정음시조문학상. 중앙시조신인상 수상

# 겨울 산 <small>외 1편</small>

김영란

눈 쌓인 한라산은

걸어가기 미안해요

외할머니 이불 빨래

널어놓은 마당처럼

눈부신 하얀 햇살만

총총총 건너가요

# 생이

1.
제주에선 새를
생이라고 한대요
제비는 제비생이
참새는 촘생이
바닷가 절벽에 사는 직박구린 엉생이

2.
믕생이, 강생이, 코생이는 또 무슨 새?
영어 일어 중국어보다 제주어가 더 어렵죠?
글쎄요, 할머니께서 저보고는 촐람생이래요!

* 촐람생이: 촉새의 제주말. 까불거리며 촐랑대는 사람을 이르기도 함.

**김영란** 2011년 조선일보 신춘문예에 당선. 오늘의시조시인상, 가람시조문학
신인상. 시집 『꽃들의 수사』 『몸 파는 여자』 『누군가 나를 열고 들여다볼 것
같은』

# 까치와 팽나무 외 1편

김영기

"깨작! 깨작!"
울더니만
아기까치 깼어요.

"가작! 가작!"
울던 뒷날
모두 가고 없어요.

덩그런 빈 둥지만이
팽나무를 지켜요.

# 바지랑대

가벼울 땐 편히 눕고
무거워야 번쩍 선다.

벌 받듯 긴 줄 들고
땡볕에 서 있지만

모처럼 키 자랑하려
잠자리를 부른다.

**김영기** 1984년 제1회 『아동문예』 신인문학상, 제10회 『나래시조』 신인상, 시조집 『갈무리하는 하루』 외 2권, 동시조집 『소라의 집』, 동시집 『날개의 꿈』 등 4권, 한국동시문학상, 제주문학상, 새싹시조문학상, 2014~2017년 4학년 1학기 국어 교과서에 「이상 없음」 동시가 실림

# 햇감자 외 1편

김영순

할머니 텃밭에서 갓 캐낸 감자 몇 알

동글동글 뽀아니 갓 낳은 달걀 같다.

한 며칠 품기만 해도

삐약삐약 깨어날라.

# 신체검사 날

엊저녁부터 우리는 밥도 물도 끊었대요
안경도 머리핀도 양말도 벗어놓고
살며시 한쪽 발부터
체중계에 올랐대요

숨도 딱 멈추고
무게 재고 내려와
무심코 호주머니에 두 손을 넣는 순간
아차차
양말이랑 안경
거기에 다 있었대요.

**김영순** 2014년 영주일보 신춘문예 당선, 2014년 『시조시학』 신인상
고산문학대상 신인상 등 수상, 시조집 『꽃과 장물아비』, 시선집 『그런 봄이
뭐라고』 등

# 해바라기 정거장 외 1편

김옥자

앞마당 구석진 곳
해를 보는 해바라기.

한나절 놀다가는
나풀나풀 노랑나비.

바람과 고추잠자리
쉬고 가는 정거장.

# 빨간 단풍잎

여름날
내리쬐던
얄미운 땡볕을

어느새
그리움으로
빨갛게 익혀놓고

그 뉘의 책갈피 새로
사알짝! 숨어든다

**김옥자** 2012년 한국무공수훈자회 나라사랑 문예공모 일반부 시 대상.
2013 『아동문예』 동시 신인문학상

# 시계소리 외 1편

김정애

서둘러! 재깍재깍
빨리해! 재깍재깍
놀 때도 시간 가고
잘 때도 시간 간다
시계엔 엄마 잔소리
함께 들어 있구나.

# 왜요?

가끔씩 삐딱하고 싶을 때 내뱉는 말
공연히 짜증 나서 심술궂게
나오는 말
투정을 부리고 싶은 내 마음이 담긴 말

**김정애** 2004년 『아동문학평론』(동화), 2019 『어린이시조나라』(동시조) 등단
동화집 『괜찮아 열두 살일 뿐이야』 외 4권 출간
2001년 교원문학상 받음(소설)

# 비의 이름 외 1편

김진숙

장맛비 흙탕물을 씻겨주는 개부심

조금만 쉬어갈까 잠비, 떡비, 꿀비아

흙먼지 잠재운다는 먼지잼은 어떨까


보슬비 가랑비 모다깃비 여우비

오늘은 나 몰래 무슨 비가 다녀갈까

할머니 양배추 밭에 도둑비면 좋겠다

# 나무를 보면

키가 큰 나무 보면
올라가고 싶지요

높이 높이 올라가서
뾰족지붕 집 짓고

바다가 잘 보이도록
작은 창도 내고요


비둘기 직박구리야
언제든 놀러 오렴

팔뚝에는 주렁주렁
빨간 열매 까만 열매

까마귀 악악 떼쓰면
함께 먹자 달래고

**김진숙** 2008년 『시조21』 등단, 시조집 『미스킴라일락』『눈물이 참 싱겁다』
『숟가락 드는 봄』, 정음시조문학상 수상

# 우주정거장 외 1편

양순진

바다로 들어가던
둥그런 붉은 해
우리집 지붕 위에
사뿐히 착륙했다
지붕은 우주정거장
별도 달도 쉬어가요

# 아뿔싸

자동차 유리 위로
떨어진 새똥꽃
그 새똥 속에는
얼만큼 꿈 들었나
봄에는 씨앗 움트나
유리 들판 되겠다

**양순진** 『제주문학』 동시부문 신인상. 『아동문예』 등단.
동시집 『향나무 아파트』 『학교가 좋아졌어요』 『해녀랑 바다랑』
동화집 『그리스 로마신화보다 더 신비한 제주설화』

# 아기의 하루는 외 1편

이경숙

미래를 담아보는 아기의 속 싸개 같은 거
헐렁한 양말 두 짝을 길게 길게 신는 거
오른발 뻗으라 하고 왼발이 양보하는 거

아기가 자기 팔에 놀라 앙 하고 울어버리는 거
엄마와 할머니의 상처를 치료하는 거
옹알이 옹알이하다가 엄마라고 하는

# 작품을 만들었어요

목욕을 갓 끝낸 아기가 예고도 없이
팔다리 얼굴에 빨간 힘을 주더니만
그렇게 아기 연호는 작품을 만들었어요

햇살이 조심스레 거실에 머무는 시간
방긋이 웃음 지으며 모든 것을 보여준다.
아기의 노란 응가에 세계지도 보여요

**이경숙** 제11회 『제주문인협회』 신인문학상 시조부문 당선
2005년 『시조시학』 가을호 신인상
시집 『어린 달강어』

# 아기염소 외 1편

정희

태어나
너무 작아
할머니
엄마 되고

집으로
보내는 날
할머니
훌쩍훌쩍

껌딱지
아기염소도
음메음메
울었다

# 못난이 호박


집 헐린 할머니집
발자국 따라가던

가을날 호박덩굴
돌담 위 둥글둥글

못난이 삼형제처럼
앉아있는 호박들

**정희** 2008년 『아동문예』(동시), 2014년 『시인정신』(시) 신인문학상
2021 『한국동시조』 신인 작품상, 시집 『물고기 비늘을 세다』 외 1권
동시집 『오줌폭탄』 외 1권, 제주어 동시 『할망네 우영팟디 자파리』 외 3권

『탐라기행한라산』

# 1930년대 노산의 눈에 비친 제주

문순자

# 1930년대 노산의 눈에 비친 제주

문순자

## 1. 세 시인과 제주

1930년대 후반 제주에는 귀한 손님들이 찾아왔다. 우리 문단의 최정점에 서 있던 미당 서정주와 정지용 그리고 노산 이은상 시인이다. 그들은 무슨 연유로 제주를 찾았을까.

세 시인 중에 가장 먼저 제주를 찾은 이는 미당 서정주 시인이다. 그는 일제 강점기인 1936년 동아일보 신춘문예 「벽壁」으로 당선된 그 이듬해, 스물두 살의 나이로 무엇에 쫓기듯 서귀포를 찾았다고 한다. 소정방 근처에 여장을 풀어놓고 보목포구를 거쳐 지귀도를 오가며 3개월가량 지냈다. 무슨 연유로 국토 최남단 서귀포에서도 섬 속의 섬인 지귀도에 머물렀는지는 자세히 알려진 것이 없다. 이 시기에 쓴 것으로 알려진 그의 초기시가 첫 시집인『화사집』5부 '지귀도 시편'에 「정오丁午의 언덕에서」「고을나高乙那의 딸」「웅계雄鷄 · 上」「웅계雄鷄 · 下」등 4편이 실려있다.

그다음 해 1937년 7월 26일. 노산 이은상 시인이 조선일보사 산악순례사업의 일환으로 제주를 찾는다. 무려 53명의 한라산등반팀을 이끌고 온 것이다. 마침 노산이 조선일보사에 근무할 때였다. 그는 도착한 첫날부터 트럭을 타고 삼성혈을 거쳐 서쪽으로 일주도로를 따라 섬을 한 바퀴를 돌며 서귀포에서 1박, 다시 동쪽을 돌아 제주시로 와서 1박, 그다음 날 새벽 5시에 출발하여 한라산을 올라 백록담에서 1박하고 다음날 하산을 한다.

　노산의 기행수필 『탐라기행한라산耽羅紀行漢拏山』을 보면 그의 제주에 대한 관심이 어떠했는지 유려한 문체로 상세히 기록되어 있다.

　「향수」의 시인 정지용(1902~1950)이 제주를 찾은 것은 1938년, 그러니까 그의 나이 서른여섯 살 여름이다. 「카페 프린스」 「유리창」 「바다」 등이 실린 첫 시집 『정지용시집鄭芝溶詩集』(시문학사, 1935)을 낸 지 3년 만이다. 그는 시뿐만 아니라 인기 있는 수필가이기도 했다. 그 당시 동아일보와 조선일보에 번갈아 가며 고정 연재 칼럼을 맡아 기행문을 연재했다고 한다. 그의 일행으로는 시문학 동인인 김영랑, 김현구 시인이 동행한 것으로 알려져 있다. 그들이 어디에 머물렀는지는 정확지 않지만, 정지용의 제주행은 우리나라 최초의 산문시 「백록담」이 탄생되는 계기가 되었다. 이 시기 조선일보에 연재된 기행수필 「다도해기5-일편낙토」 「다도해기6-귀거래」 등에서 그의 제주 행적을 엿볼 수 있다(조선일보 1938년 8월23일~29일).

이상 세 시인이 어떤 경로로 제주를 찾아왔는지 살펴보았다. 이 글에서는 제주를 찾은 노산의 기행수필집『탐라기행한라산耽羅紀行漢拏山』(조선일보사출판부, 1937년)에 기대어 그의 발자취를 따라가 본다.

## 2. 노산의 눈에 비친 제주

노산 이은상은 1903년 10월 22일 경남 마산에서 태어났다. 1918년 부친이 세운 마산 창신고등학교 졸업, 1923년 연희전문학교를 중퇴, 1926년 일본 와세다대학 사학과를 수학했다. 1932년 이화여전 교수를 지낸 후 동아일보를 거쳐 조선일보에서 근무했으며, 1942년 10월 조선어학회사건으로 함흥감옥에 구금되었다가 1943년 9월 기소유예로 석방, 1945년 1월~1945년 8월 15일 사상예비검속으로 재구금되었다가 해방과 함께 출옥했다. 1945년 이후 호남신문사 사장, 서울대, 영남대 교수를 거쳐 대한민족문화협회장, 한국시조작가협회장, 한국산악협회장 등을 역임했다.

1920년대 후반 시조부흥운동에 참여했으며, 시조의 현대화에 힘을 실었다. 대표작으로「가고파」「성불사의 밤」「옛동산에 올라」등 주옥같은 시조를 남겼으며,『노산사화집』『노산시조집』『노산시문선』『푸른 하늘의 뜻은』등 46권의 저서가 있다.

노산이 제주를 찾은 것은 1937년 7월 26일, 조선일보 국토순례사업단 단장으로 53명의 한라산탐승단을 이끌고 한라산을 등반하기 위함이었다.

경성역을 출발하여 목포에서 1박하고 제주행 밤배를 탄일행은 갑판에서 술잔을 기울이며 설레임에 잠을 못 이루었던 것 같다.

　　새벽도 3시. 대소군도大小群島를 다 벗어난 배는 만경창파萬頃蒼波에 떴다. 달은 이미 중천中天을 넘어 서西으로 기울고 한수평선水平線도 하늘과 마주이어 희미한데 나그네 물결소리에 지치고, 또 스스로 제 묵상默想에 부댁기어 선실船室로 들어와 잠깐 눈을 붙이자 하였더니, 얼마아니하야 고동소리가 잦고, 선창船窓이 밝기로, 놀란듯이 일어나 갑판甲板우으로 올라가니, 아름답다 신비神祕하다 저 한라산漢拏山, 저 제주도濟州島! 뉘가 여기 이같은 절해운해絶海雲澥속에 한덩이의 땅을 던져 해중선부海中仙府를 만드셨나. 삼신구국三神舊國, 구한승지九韓勝地가 여기런가. 가가귤유家家橘柚, 처처화류悽悽驊騮가 여기런가.

　　「너를 보러 내가 왔노라」는듯이 기쁨에 넘쳐 손을들매 그도 또한 「나도 여기서 기다렸노라」하며 주춤주춤 걸어나오는듯하다.

1937년 7월 26일 오전 여섯 시. 배에서 내린 일행은 숙소에 여장을 풀자마자 트럭을 타고 이 섬의 시조묘始祖廟 삼성사三姓祠로 향한다. 그의 발자취를 그가 남긴 시조와 함께 따라가 본다.

첫 방문지로 탐라시조묘 삼성사를 택한 것은 제주 방문이 관광이나 한라산 등반 목적만은 아니라는 걸 증명하는 것은 아닌가 싶다. 소제목에서 보듯 제주의 삼성신화는 물론 탐라라는 지명에 이르기까지 탐라지耽羅誌는 물론이고 김상헌의 남사록南槎錄 등 다양한 자료를 바탕으로 탐라, 탁라, 탐모라에서 제주에 이르기까지 그리고 고을라, 양을라, 부을라, 삼신인의 전설을 비롯하여 '언젠가 여기 사람이 살기 시작하였다'는 탐라사의 첫 페이지를 펼쳐보고 싶었던 것이다.

창파에 땅 한 덩이 어쩌다 솟았는데
그 누구 어쩌다가 이 섬에 오시던고
어쩌다 온 곳이어니
구태 버리고 어딜 가랴

풀잎으로 몸을 가리고
열매 따 먹고 사올망정
귤나무 그늘 아래 내 사랑 품었거니
더 다시 무얼 바라랴 예서 일생 보내리라

유자 한두 알을
받거니 던지거니
달 밝은 모랫가에 물소리 듣자거니
비 오고 추운 날이면
바위 밑에 들더니라

비자림 숲속에 새 둥지 치는 날에

잔 가재 어린 거이
어이 찾아 기는 날에
어디서 아기 울음이 바람결에 들리는고

해 뜨고 달이 지고
어허 몇천 년인고
인생이란 어쩌다 와서
또 어쩌다 가는 것
삼성혈三姓穴 풀밭에 앉아
빙긋 한 번 웃어본다

－「삼성혈三姓穴－제주섬 인문사의 첫 페이지를 본다」 전문
＊『노산시조선집 －탐라행』 참조

　감산계곡은 제주의 숨은 비경으로 손꼽히는 곳이다. 지금의 안덕계곡으로 천연기념물 제182-6호, 한라산천연보호구역이기도 하다. 돌오름 북동쪽에서 발원해 안덕면의 경계를 따라 맑은 물이 흐르는 창고천 하류 암반으로 형성된 제주도 특유의 계곡미가 이국적이다. 상록활엽수종인 붉가시나무, 가시나무, 구실잣밤나무, 후박나무, 참식나무 등이 군락을 이룬다. 태초에 7일 동안 안개가 끼고 하늘과 땅이 진동하며 태산이 솟아날 때, 암벽 사이로 물이 흘러 계곡을 이루며 치안치덕하는 곳이라 안덕계곡이란 이름이 유래했다는 전설이 있다. 예로부터 많은 선비들이 즐겨 찾던 곳으로 유배 온 추사 김정희, 정온 등도 후학을 가르치며 절경을 즐겼다고 한다.

노산 일행도 좁은 트럭에 끼어 앉아 옴짝달싹 못 하다가
계곡을 따라 기암절경, 맑은 물소리, 새소리에 귀를 씻느라
계곡 밖으로 나오는 게 못내 아쉬웠던 모양이다.

감산천 깊은 골이
온갖 새 우는 골이
숲 사이 푸른 골이 꺽이어 도는 골이
돌아서 나오다 말고 되돌려다 뵈네

가다가 앉았다가 취하여 보라 보다
섰다가 또 가다가 웃다가 노래하다
석양에 흥치며 나오다가
그저 울고만 싶네

－「감산계곡」 전문　＊『노산시조선집 －탐라행』 참조

지금까지 지나온 어느 곳도 세상의 때를 씻어내기에 부족
함이 없었지만 색달천 깊은 계곡 천제연은 그 어떤 곳보다
환상적이었던 모양이다.

길에서 몇십보十步도 채 못 옮겨 수십장數十丈의 단애斷崖가
생겼는데 폭포는 그리 장壯할 게 없으나 단애 아래한 대연大淵
이 생겨 감벽紺碧한 물빛이 깊이를 모르겠으니 이것이 곧 유명
한 천제연天帝淵이다.
좌우 석벽은 병풍같이 둘리었고 석벽 우에는 창송이 빽빽한
데 상중하 삼단이 골작이를 내려가면서 더욱 기승하야 석양이

밤되라고 우리는 갈길을 잊어버리고 말았다.

　계곡의 장엄하고도 미려媚麗한 것이 섬중에서는 수위려니와, 연의 이름을 「天帝」로 부르게 된 것도 당연한 일이겠다. 한라漢拏에서 원元을 발하였으매 근원도 거룩하지만 바로 이 일구一區만을 잘라 말할지라도 그만한 융숭한 대접을 안해드릴 수 없다.

　대자연의 보법이 지금 이 흐르는 물소리속에 숨김없이 미설되어 고요히 듣는 동안 몸둥이채 그대로 비화飛化할듯하거니, 생각할수록 나도 하나 천제의 권속眷屬이 된것만 같다.

　아무렇게 생긴 바위들이 아무렇게 굴러있든지 모두들 차등이 없는 이 천제향天帝鄕의 일원이라고 바라보매, 여기 무정한 물건이란 하나도 없고 분명히 언소言笑로써 접接하야 나와 마주앉고 마주누운듯 함이 환상幻相인채로 이순간瞬間이 거룩한 감화感化가 아니겠느냐.

　천제연 깊은 계곡에 동천洞天에 해지는줄 잊어버리고 심벽深碧한 연중淵中을 드려다보고 앉았으니 세진미몽世塵迷夢이 자취도 없이 사라져버린다.


　　천제연 옥玉 같은 물에 손 씻고 귀를 씻고
　　저 사람 무슨 일로 또 그냥 앉았는고
　　말 마오
　　반생半生의 괴로운 넋을
　　마저 씻고 가려오


　　　　　　－「천제연」 전문　　＊『노산시조선집 －탐라행』 참조


서귀포에서 일박하고 일행은 7월 27일 아침 정방폭포로 향한다. 바다로 직접 떨어지는 폭포라 배를 타고 보았다.
'가히 바라만보고 능히 범할 수 없다'는 말은 이 폭포를 두고
한 것 같다며 배를 젓자니 폭포에서 멀어지고, 그대로 두자
니 물결에 밀려 뱃머리가 빙그르 돌고…

안타까워 말도 못 하고 만지지도 못하는 애인처럼 더 정
열적이고 고상하고 신성할 수밖에 없어 '탐라 10경'인 것 같
단다.


    타는 가슴이길래 내 닫고 싶은 대로
    달려와 낭떠러지에 한 바다 내다 보며
    목청껏 외치건마는
    그래도 신원치 않고

    한평생 품은 한을
    쏟아 놓건마는
    풀 길도 없고 아는 이도 없길래로
    차라리 허공에 몸을 날려
    깨어지고 만다네

-「정방폭正房瀑」 전문 *『노산시조선집 –탐라행』참조
* 천하의 폭포가 모두 다 깊은 산山속에 있는데 호올로
이 정방폭正房瀑만은 바다 위 절벽으로 떨어진다.

차는 금엽지역禁獵區域인 평대리坪岱里를 지나, 연방 바다를
끼고서 한동리韓東里라는 곳을 지나게 되자 우리는 이 섬의 세계
적 자랑인 비자림榧子林을 향하여 길을 잠깐 왼쪽으로 꺾는다.

얼마 들어가지 아니하야 좌우에 푸른 밀림이 보이기 시작하

니 이것이 전부 비자림이라 우리는 완상하기로 한다.

　나어린 청춘비자靑春榧子는 교만하게도 뻣뻣하고 나많은 백수비자白首榧子는 더위에 웃통을 벗고 마른 등팩이를 바람에 식힌다.

　푸른 밀림 속으로 드문드문 보이는 허연소간疎幹이 「그래도 풍상風霜맛이야 내가 아느니」하고 코우슴치며 자랑하는듯하다.

　과학자科學者들의 연구硏究에 의하야 이 일대 비자림의 수령樹齡이 팔백세八白歲로 산정算定되어 있거니와 이는 실로 지구상地球上 비자세계의 장로長老들임은 모론이요, 면적面積 사십오정보四十五町步에 이천칠백구십오주二天七百九十五株가 하늘을 덮었으니 집단상集團上으로도 대성전大盛典이라 할것인데, 존엄尊嚴한 이 일대에 서려 있는 이취異趣와 서기瑞氣가 그대로 눈 속으로 가슴 속으로 들어옴을 느낀다.


　　남국이 어딘지
　　남국을 모를려니
　　비자림 숲속에 남국이 여기로고
　　저 아이
　　풍란 피는 곳으로 비파 내어 오너라

　　천년 비바람에 늙고 굽은 가지
　　휘어져 얽힌 속에 학이랑 날려놓고
　　옛 곡조 한 가락 탈 양이면 행이 길게 살랐다


　　　　　　　　-「비자림」전문　＊『노산시조선집 -탐라행』참조

7월 28일 새벽 5시. 짐꾼을 비롯하여 80여 명의 대부대를 이끌고 마침내 한라산을 향해 첫발을 내딛는다. 일행은 숙소에서 산천단까지는 트럭으로 이동하고 그 이후부터는 도보로 이동한다. 산천단을 거쳐 관음사-한천-개미목-삼각봉-용진각-백록담에서 1박을 하고, 다음 날 남벽-방아오름-모새밭(선작지왓)-영실-어리목-노로오름-무수천 상류로 이어지는 1100도로 위쪽 사면을 따라 제주시로 하산한 것으로 보인다. 지금의 관음사코스로 오르고 영실과 어리목 코스로 하산한 셈이다. 이처럼 『탐라기행한라산』에는 가는 곳마다 유래며 그곳에 얽힌 사연을 세세하게 소개하고 있다.

한라산으로. 한라산으로. 아니 문득 생각하매 우리 하는 말이 우섭지 아니한가. 한라산으로 간다는 말이 무슨말인가. 제주도란 것이 온통 한라산 산밑 가장자리를 돌아가며 거기 사람들이 모여 무슨浦니 무슨邑이니 하고 사는 것인데, 실컷 한라산을 돌아다니다 오늘이야 새삼스럽게 한라산을 간다는 말이 무슨 말인가.

〈중략〉

아츰해는 점점 높아지고 천기天氣는 갈수록 명랑明朗하야 가슴속에 물결이 넘노는 것을 늣기면서 장성같이 싸두른 돌담을 넘어드니 에키나! 저것보게. 수백두數百頭 우마군牛馬群이 굴레 벗은 그대로 풀을 뜯는다.

무인숙숙無人叔叔 망망초원茫茫草原을 쓸쓸하게 볼량이면, 만목류경滿目流京에 저도몰래 눈물을 떠러뜨리련마는 애써 장쾌

壯快한 생각을 품고 영웅의 행보行步를 본받으려 하는차에 또한 이 방목放牧하는 우마牛馬의 자유로움이 가슴에 도는 피를 방울방울 끓게 하고 뛰게 하는듯하다.

한라산 굴레 벗은 말아
네 신세 부러워라
가고 싶으면 가고
오고 싶으면 오고
목 놓아 울고 싶으면 네 뜻대로 우는구나

한라산 굴레 벗은 말아
네 신세 서러워라
구름에 머리 씻고
바람에 꼬리 쳐도
채질해 쓸 곳 없으니 우는 뜻을 알겠구나

−「한라산 굴레 벗은 말아」 전문 　＊「노산시조선집 − 탐라행」 참조

방목지대를 벗어나 한천의 발원 지점에서 잠시 쉬던 일행은 해발 1100미터 지점 개미목 입구에 이른다. 여기서부터는 고산식물지대가 나온다. 눈앞에 삼각형으로 보이는 뾰족한 봉奉이 소연두봉小頭峰 그 뒤로 우뚝한 대연두봉大鳶頭峰을 바라보며 정상을 향해 오른다. 그리고 각양각색의 바위와 한라산에 자생하는 식물의 종수까지 자세하게 소개하고 있다. 일행 중에는 식물학자 '타케신부와 포리신부'도 동행한 것으로 보인다.

한라산의 식물수植物數는 142과科, 1317종種 116변종變種이요, 그 중에서 78종種 69변종變種이 특산特産인데 이것을 다른 명산과 비교하면 백두산의 490종種 금강산의 772종種쯤은 문제도 되지 않으며 부사산의 1000종種, 상근산의 1888종種까지도 우리 한라산에는 미치지 못한다. 그러므로 저 불인佛人「타케·포리」등에 의하여 채집된 식물이 영국 독일학자에게 특수한 연구자료가 되어 세계적으로 우리 한라산 식물이 성가를 높인것이다. 이것도 내게는 자랑스러워 배가 절로 나오고 어깨가 절로 솟음을 어찌하지 못하면서 전문가의 뒤를 따르니「이것은 석고란石高蘭」「저것은 진달래의 군락이요」「또 이것은 들쭉」「저기 저기 구상나무」하는 강의를 즐거이 듣는 것이다.

높으나 높은 산에
흙도 아닌 조약돌을
실오락이 틈을 지어
외로이 피온꽃이
정답고 애처로워라
불같은 사랑이 솟아지네


한송이 꺾고 잘라
품음적도 하건마는
내게와 저게도로
불행할줄 아옵기로
이대로 서로나뉘어
그리면서 사오리라

여기가 벌써 一天五百米. 앞으로 최고봉最高峰도 오백미五百米
밖에 남지 아니한 제2고지다. 왼편으로 상봉上峯을 눈앞에 바
라보며 우리는 연두봉鳶頭峯 아래로 동곡洞谷을 찾아 내려간
다. 웅박雄博한 하상河床이 구비처 누웠는데 작은돌이 집채같
은 큰바위를 업은놈도 있고, 길쭉한 바위가 넙적한 돌을 안고
있는 놈도 있고, 서로 마주베고 누운 놈, 등을 붙이고선 놈, 바
로 제자리에 앉은 놈, 미끄러져 함부로 넘어진 놈이 모두다 저
신선박중神仙博中에 나오는 인물들의 화석化石으로 봄이 좋을
것도 같다. 장자莊者의 이른바 「해의解衣」의 기질이란 이러한
것을 두고 이름이리니, 오늘은 우리도 여기 이 암석岩石우에
눕고 안고를 마음껏하야 「망근친해의解衣」와 「행근친도덕道德」
을 벗어버리고 끌러버리고 자유 그것이 되어보고싶다.


　　땅따리 석고란石高蘭에
　　동글동글 매친열매
　　차운병病 낫는다기에
　　나도 한입 넣거니와
　　저아래 얼음세상을
　　고쳐볼까 하노라


최후의最後의 삼분간三分間. 우리는 무거운 다리를 끄을듯이
달린다. 금시로 광증狂症 붙들린 사람들같이 뛰지 않이가 한
사람도 없다.
어디서 생기는 새기운인지! 저도 모르게 피와 힘으로 터질듯
한 팔과 다리를 한꺼번에 휘두르며 정상으로 채어 오른다.
아! 지척의 정상!
최후의 돌뿌다귀를 마주막으로 밟고서자 우리는 약속한듯이

두 팔을 뽑아 높이 들고 '만세, 만세, 한라산 만세'를 웨치고 또
부르짖는다.

  남아의 결의를 뉘가 알겠느냐. 차고차다 뻐기고 터져넘는 무
한한 감격에 두팔이 저절로 휘둘리고 고함이 저절로 터졌는
데, 그리고도 억제못할 감격은 눈가에 까닭없는 눈물이 되어
펑하고 솟는 것이다.


  천지의 대주재시여
  나는 지금 누 팔을 들고
  당신이 내리시는 뜻을
  받드려 하나이다
  아끼지 마시옵소서
  자비하신 말씀을


  평화와 즐거움으로 찼던
  당신의 나라를
  피와 눈물과
  아우성 속에 쓸어 넣은
  창생의 가중한 죄를 들어
  여기 업디어 사하나이다


  지금 내 몸을
  싸고 두른 구름과 안개
  이것은 당신의 옷자락
  옷자락 끝을 붙들고서
  정성껏
  이마 조아려

당신 앞에 아뢰나이다

천지의 대주재시여
당신은 아시리이다
흥망의 긴 세월도
번개 같은 한 순간이라
진실로
인류의 역사란
웃음거리밖에 안 되리이다

그러나 거룩하신
당신의 사랑이야
지극히 작은 자 하나도
버리지 못하옵거늘
어찌해
괴로운 백성들을
눈물 속에 두시나이까

당신이 하시는 일은
위대한 경륜과 법칙
그럴수록 이 마음은
안타까와지나이다
구원의
손을 기다린지도
이미 오래 되었나이다

때를 만드심은

당신의 뜻이오나
저기 저 아래
내 백성과 인류를 위해
평화와
즐거움의 '에덴'을
지금 곧 만들어 주옵소서

천지의 대주재시여
당신의 품 속에 인거
지금 모든 근심을랑
씻어버린 이 행복을
저 아래
저 아래까지
고루 널리 베푸옵소서

고난과 불행의 넝쿨
당신 손으로 걷어 주시고
춤과 노래 속에서
슬픔을 모르게 하옵소서
천지의
대주재시여
이 기도를 들으소서

-「한라산 위에서 올린 기도시 1」 *「노산시조선집 - 탐라행」 참조

백록담 정상에 올라 만세삼창을 하는 노산과 그 일행의
모습이 눈에 선하게 그려진다. 하늘을 우러러 격정적으로

기도하듯 시를 낭송하는 34세 청년 노산 이은상. 그는 정상에 오른 감회와 백록담에 얽힌 전설이며 산정호수가 있는 제주도 내의 여러 오름도 상세히 소개하고 있다.

노산은 제주도, 그것도 서귀포와 한라산에서만 볼 수 있다는 남극노인성에 대해서도 알고 있었던 것 같다. 그러나 백록담에서 야영을 하며 남극노인성을 찾아보았으나 어느 별이 수성인지 알 길이 없었다 한다. 그도 그럴 것이 남극노인성은 추분에서 춘분 사이에만 볼 수 있는 별이다. 대신 그 별을 보지 못하는 아쉬움을 「한라산 위에서 올린 기도시 2」로 달래지 않았을까 싶다.

> 장엄한 「시나이」산 하늘산에 오른 하룻밤
> 지금 달과 뭇 별과 구름과 하냥 말 없이 서서
> 내 심장 저 불꽃 위에
> 번제물로 바치나이다
>
> 오늘 밤 여기 이 백록담 바위 아래로
> 모여 드시는 내 역사의 모든 은인과 영웅들
> 거룩한 그들의 영혼을 바라 보는 황홀이여!
>
> 신비한 계시 속에 내 몸이 잠기나이다
> 거룩한 약속이 내 귀에 들리나이다
> 놀란 듯 두 팔을 들고
> 서원가를 부르나이다

    -「한라산 위에서 올린 기도시 2」 *「노산시조선집 -탐라행」 참조노

하산은 남벽을 거쳐 방아오름을 따라 모새밭(선작지왓)을 지나 영실 존자암˙ 그리고 어리목, 노로오름으로 이어지는 1100도로 위쪽 사면을 따라 제주시에 도착한 것으로 보인다. 지금의 관음사코스로 오르고 영실과 어리목코스로 하산한 셈이다. 그리고 밤 11시 여수로 향하는 밤배로 제주를 떠난다.

나는 어두운 밤바다를 보며 생각한다. 과연 이번 순례에서 얻은 것이 무엇인가 생각한다.

제주도의 이풍진속異風珍俗을 보았으니 이것이 소득인가. 한라산이 어떤 산인지를 알았으니 이것이 소득인가. 그렇다. 이것이 다 소득이 아닐 수 없다.

그러나 반생을 별러 백망百忙을 물리치며 탐라를 순례하고 한라산을 拜하야 얻은 것이 따로 있지 않을 수 없다.

나는 등산을 위한 등산가도 아니요, 나는 채집採集을 위한 채집가도 아니요, 나는 연구를 위한 연구가도 아니요, 다만 삼계미황三界迷徨의 한 가련한 개아丐兒로 이 거룩한 산악을 찾아왔던 것이매, 내가 누리고싶은 행복은 실로 다른 것이었다.

대자연大自然 대자모大慈母의 성애聖愛와 지인至仁속에 마음껏 하소연하고, 마음껏 어리광하고, 마음껏 안겨본 것이 다시 없는 행복이었다.

그러나 이 행복은 명부득장부득名不得狀不得으로 다만 정신적수양으로만 내 흉리胸裡에 남아있을 따름이라, 남에게 말할 길도 없고 남에게 전할 길도 없는, 불가설不可說 불가분不可分 내 독유獨有의 행복인 것이다.

그러므로 이러한 행복은 누리는 자만의 누리는 것이요, 얻는 자만의 얻는 것이다.

어느덧 밤도 깊은 밤 11시. 우리는 배에 올랐다. 여수麗水로 향하여 떠날 것이다. 배가 떠나자 우리는 갑판 위에 올랐다. 비에 젖는 제주도를 어둠속으로 바라보면서 나는 가슴속에 고별告別의 노래를 생각한다.

창파 높은 곳에
님이 여기 계시옵기
찾아와 그 품속에
안겨 보고 가옵니다
거룩한 님의 댁宅이여
평안하라, 한라산

물길이 함하오매
꿈속에서도 어려우리
고도孤島에 맺은 정을
다시 언제 풀까이까
내 겨레 사는 곳이니
평안하라, 제주도

## 3. 탐라기행을 마치고

노산 이은상의 『탐라기행한라산』에 실린 시조를 중심으로, 1930년대의 제주도를 한 바퀴 돌며 한라산 등반까지 함께 걸어보았다.

'글은 상床 머리에서 쓰는 법이로되 생각은 오히려 대자연 속에서 얻는 법'이라는 노산의 글을 다시금 되새겨본다. 이 시기 문인들이 국토순례나 한라산 등반 목적은, 일제강점기 언론에 대한 탄압과 검열을 피하는 것은 물론이고, 민족의 슬픔과 억눌린 강점을 풀며 호연지기를 다지고 자연을 문학으로 승화시키는 좋은 기회였다. 요즘처럼 교통이 좋은 것도 아닌 시절의 일이 아닌가.

노산시십 『소국강산』에 실린 「한라산」을 게재하며 이 글을 맺는다.

물밖에 구름밖에 제주한라산
백록담 옛신선은 만날길없고
지는해 넘는볕에 굴레벗은말
한바다 내다보며 길게 우노라

－「한라산」 전문

* 『탐라기행한라산耽羅紀行漢拏山』의 시조 중 8수가 『노산시조선집 - 탐라행』에 실려있다.
* 본고에 인용한 작품은 원전 그대로 게재하였다.

# 수상 회원 특집

중앙시조대상 신인상

**김양희**/그 겨울의 뿔

# 그 겨울의 뿔

김양희

1
까만 염소에 대한 새까만 고집이었다
힘깨나 자랑하던 뿔에 대한 나의 예의
어머니 구슬림에도 끝내 먹지 않았다

염소의 부재는 식구들의 피와 살
살 익은 비린내에 입 코를 틀어막았다
엊그제 뿔의 감촉이 손바닥에 남아서

2
그 겨울 식구들은 감기에 눕지 않았다
고집을 부리던 나도 눈밭을 쏘다녔다
염소의 빈 줄만 누워 굵은 눈발에 채였다

　이번 제40회 중앙시조대상 심사에는 두 분의 선고위원의 손을 거쳐 여러 시조시인들의 근작들이 올라와 있었다. 이미 우리 시조시단의 중견 혹은 중진들인지라, 이분들 작품은 완결성과 미학적 품격에서 각별한 성취를 보이고 있었다. 이분들의 빼어난 가작들을 윤독해가면서 심사위원들은 수상작 대상을 좁혀갔다.

　심사위원들은 그 가운데 손영희의 단단한 심미적 표상과 진정성의 세계에 후한 평점을 부여하였고, 결국 새로운 언어 방식과 속 깊은 진정성을 구비한 손영희의 시세계에 공감하면서 그의 「고비, 사막」을 수상작으로 선정하게 되었다. 이 시편은 '말'의 이중적 의미(言/馬)를 폭넓게 활용하면서 '시 쓰기'의 한 생이 어떤 존재론적 경이감과 난경難境을 동시에 가지고 있음을 고백한 명편으로 다가왔다. 손영희 시조미학의 한 진경이 거기 펼쳐져 있었다. 다른 해에 비교해보아도 손색없는 수상작이라고 생각된다.

　신인상 부문에서는 각축이 심했는데 등단 10년 미만 시인들을 대상으로 검토한 결과 심사위원들은 올해 신인들의 성취가 남달랐다고 의견을 모았다. 그 가운데 김양희의 「그 겨울의 뿔」이 선정되었다. 그동안 김양희 시편은 투명한 언어와 경험의 결속으로 우리 시조시단에 신선한 충격을 부여해

왔다. 그런 그의 필법이 유장한 흐름으로 이어지면서 가편들을 쏟아냈는데 이번 수상작은 이러한 체험적 구체성과 생명 지향의 사유를 결합하여 우리 시대의 지남指南이 되고도 남음이 있었다.

대상과 신인상 수상을 축하드리면서, 두 분 시조시인의 새로운 정진을 마음 모아 부탁드린다.

— 심사위원 : 백이운(시조시인), 이달균(시조시인), 유성호(문학평론가, 글)

시간은 어길 수 없는 완전체입니다. 어떠한 압력에도 구부러지거나 늦춰지지 않습니다. 총량의 법칙이 시간에도 적용됩니다. 이 법칙을 이해하고 충분히 누리다 보니 시조를 만지는 손길이 낯섦에서 익숙함으로 차차 바뀌었습니다.

2021년은 가장 기억에 남을 것입니다. 그동안 시조를 쓰며 한 계단씩 오르고 있었다면 이번 상은 단번에 몇 계단을 뛰어오른 느낌입니다.

시조를 대하는 자세에도 변화가 생겼습니다. 지금까지 시조가 종이에 쓰인 활자였다면 이제 살아 움직이는 생물체로 다가옵니다.

처음에는 감정이 말을 걸었지만, 시조가 말을 걸어오기도 합니다. 말뿐만 아니라 어서 깨어나라고 후려치거나 일어서라고 호통을 치기도 합니다. 그때는 시조가 하자는 대로 합니다.

시조 창작에 매진합니다. 많이 쓰고 많이 버리고 완성하고, 다작이 좋은지 과작이 좋은지 잘 모르겠습니다. 지금은 무작정 미친 듯이 쓰는 일에 열중합니다. 순간의 감성을 붙잡아 기록하고 그 기록에 기대어 하고 싶은 말을 합니다.

시조 창작에 무한한 자부심을 느낍니다. 내 안에서 꿈틀대는 무언가를 밖으로 내보낸다는 것의 즐거움을 압니다.

언제나 처음인 듯 씁니다.

이 매력적인 시조, 더욱 천착하는 계기를 마련해주셔서 고맙습니다.

## 중앙일보 기사

제40회 중앙시조신인상은 김양희(57) 시인

중앙시조신인상은 시조를 한 해 5편 이상 발표한 등단 5년 이상 10년 미만의 시인을 대상으로 심사했다.

김양희 시인은 수상소감에서 "그동안 시조를 쓰며 한 계단씩 오르고 있었다면 이번 수상은 단번에 몇 계단을 뛰어오른 느낌"이라며 "지금까지 시조가 종이에 쓰인 활자였다면 이제 살아 움직이는 생물체로 다가온다"고 했다.

이우걸 한국시조시인협회 명예이사장은 축사에서 "섬세한 시어와 함께 고통이 읽히는 대상작, 맹목적 답습이 아니라 자기 얼굴을 보이려 노력한 신인상과 신춘시조상 수상작을 읽으며 시조의 미래를 볼 수 있었다"며 "기존과 다른 시조를 쓰는 고민이 한국 시조의 고유한 자산에 대한 긍지를 만든다"고 했다. 이정환 이사장은 "시조는 목숨을 다해, 인생을 걸어 쓸만한 우리 고유의 정신문화유산이라는 점을 확인할 수 있었다"고 말했다. 중앙시조대상 시상자인 이하경 중앙일보 주필은 "불완전한 감각·사유의 세계에서 방황하는 인간에게 문학적 서사와 상상력이 위로가 된다. 시조 시인 한분 한분은 황폐한 세상에서 따뜻한 말을 걸어주는 위대한 구원자"라고 축사를 했다.

## 편집후기

정드리문학 제10집 『바람의 씨앗』을 엮는다. 열 번째 발간하는 책을 붕어빵 찍듯 답습할지, 아니면 어떻게 달라져야 할지 고심한 흔적을 고스란히 담았다.

이번 호 시인 인터뷰는 정수자 시인이다. '아직은 더 사무치려네, 애면글면 詩편에나' 라는 싯구만 봐도 뭔가 있을 것 같은 시인의 시세계를 들여다본다.

'시인이 쓴 시조'에 오세영, 김우영, 이은봉 시인을 모셨다. 시조의 울타리 밖에서 자유시를 쓰는 시인들의 시조를 통해, 우리 시조의 현주소를 돌아보는 계기가 되었으면 좋겠다.

'고해자의 제주어산책'은 제주어 작품을 쓸 때 감칠맛을 더하기 위해 필요한 부사어에 초점을 맞췄다. 도움을 주신 양전형 시인과 문순덕 박사님께 감사드린다.

poet & country 두 번째 단추로 문순자 시인의 고향 애월읍 구엄리를 찾았다. '시의 마중물, 그 DNA를 물려받은 구엄바다'에서 작가의 고향 그리고 작품의 근원을 유추해본다.

'정드리 창에 비친 좋은 시조 10선'은 회원들에게 좋은 작품을 다시 찾아 읽는 귀한 시간이다. 올해는 10집에 걸맞게 창간호부터 9집을 아울러 1편을 뽑는 '리뷰'도 병행했다. '정드리 창에 비친 좋은 시조 10선' 평에 이명숙 회원, '리뷰'에 우은숙 시인의 평을 함께 싣는다.

이정환의 '정지용 시조-아음의일기'를 싣는다. 정지용 시인이 시조를 썼다는 사실은 최근에야 밝혀졌다. 시조단에서도 맨 처음으로『정드리문학』10집에 싣는다.

'1930년대 노산의 눈에 비친 제주'를 그의 산문집『탐라기행한라산』에 실린 시조를 중심으로 살펴보았다.

정드리에 좋는 일들이 많았다. 김양희 회원이 제40회 중앙시조대상 신인상, 오승철 회원이 제주문학상 수상, 오순금 회원이『시조시학』가을호 신인상, 오은기 회원이『문학청춘』봄호 신인상, 이미순 시인이『시조시학』봄호 신인상 등단을 특집으로 엮는다. 그리고 조영자 회원이 첫 시집『반공일엔 물질 간다』, 이명숙 회원이 두 번째 시집『튤립의 갈피마다 고백이』, 윤행순 회원이 첫 시집『간호사도 가을을 탄다』, 오승철 회원이 다섯 번째 시집『사람보다 서귀포가 그리울 때가 있다』를 펴내 그 기쁨을 더한다.

편집위원장 문순자

편집위원 고해자, 김영순, 오은기

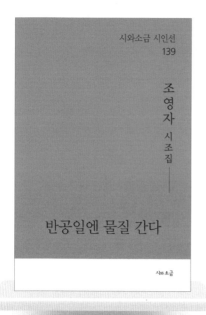

■ 시와소금 시인선 · 139

# 조영자 시조집

# 『반공일엔
물질 간다』

**조영자**_서귀포 강정 출생으로 1997년 한국방송통신대학교 국어국문학과 졸업했다. 2003년 《열린시학》 신인상 공모에 「돌가시나무」 외 4편으로 등단했으며, 2012년 「범섬을 따라가다」로 시조시학 제6회 젊은 시인상 수상했다. 현재 한국시조시인협회 이사, 정드리문학회 회원으로 활동 중이다.

　조영자의 시조집 『반공일엔 물질 간다』는 한 사람의 제주해녀 목숨값으로 산 제주 섬 현대사에다 한 땀 또 한 땀 수를 놓아 '제주 여자의 일생을 아로새긴 생명의 노래'이다. 시들은 자신을 낳은 시인의 생에 대하여 다 그만한 사연으로 노래하고 있노라고 대변하는 듯하다. 한 소녀가 어른 여자로 변모할 때까지 제주해녀의 신분으로 순간을 영겁인 양 수긍하고 바닷속을 누빈 사연을 '태왁 장단'에 맞추어 흔쾌하게 부르는 그런 노래 말이다. (중략)
　제주해녀가 살기 위해 바다의 안팎 어디에서 들숨과 날숨 사이에 숨겨놓은 죽음의 시간이 이렇게도 잘 갖춰진 라임(rhyme, 운)으로 선율을 완성했으니 한껏 청아한 사연인 양 노래를 하고도 남아 메아리진다. 한 사람의 서사적 자서가 이렇게 노래 모음 같은 한 권의 시조집으로 기록될 수 있음을 새삼스레 깨달으니 경외심이 절로 우러난다.

– 한림화, 「작품해설」에서

· 24436 강원도 춘천시 충혼길20번길 4, 시와소금　|　☎ (02)766-1195, 010-5211-1195
· 전자주소: sisogum@hanmail.net　|　다음카페: http://cafe.daum.net/poemundertree

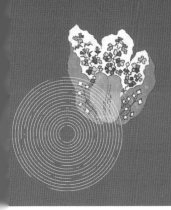

수천 개의 노을빛 스친 기억은 남아 울금향
머문 자리
떠도는 말풍선들
하영 먼 별빛이 차서 맘은 온통 회색빛

차마 모르는 너를 다 잊을 순 없었다

– 이명숙 시조집 「튤립의 갈피마다 고백이」 부분

# 인간의 삶과 죽음에 대한 **시적 변주**

문학들 시인선　　014

# 튤립의 갈피마다 고백이 　**이명숙** 시조집

다소 낯설고 발랄한 이미지와 개성적 화법을 구사해온 이명숙 시
인이 이번 시조집에 담은 키워드는 '기억'이다. 그것은 단순하게
과거를 떠올리거나 재생하는 방식이 아니라 현재를 구성하는 동
력으로 작용한다. 그녀의 시는 불필요한 감정 소모를 쉽게 허락하
지 않고 이미지 전환이 되도록 빠르게 이루어진다. 이러한 속도감
있는 전개 안에 그녀가 담아내는 기억들은 제각각의 단편들이 아
닌, 커다란 서사를 이룬다. 그것은 크게 인간의 삶과 죽음의 과정
을 담아내는 성장 담론의 한 형태로 기능하는 것으로 보인다. 그
래서 이명숙 시인의 시의 이미지는 무채색으로 가득하다. 희거나
검은 풍경들 사이에 회색으로 놓인 그녀 시의 주체들은 동쪽을 그
리워하는 서쪽에 있는 존재들이다. 그리고 그들은 '함께할 수 없
는 존재들'과 동행한다.

– 이송희 시인, 문학박사

문학들 128쪽 **값** 10,000원 **전화** 062-651-6968 **팩스** 062-651-9690

문학과사람 기획시조선 002      130×210mm | 90쪽 | 값 10,000원

# 간호사도 가을을 탄다

## 윤행순 시집

경험과 상상력의 시적에너지, 그럴듯한 것을 쓰는 것이 아니라 그럴 수밖에 없는 것을 쓰는, 이 시적표현을 익히 아는 윤행순의 시조는 경험과 상상력의 적절한 조화로 시대의 갈증을 풀어내는 저력이 있다. 또한 '성경을 필사하다가 찢어버린 파지 같다'(「성세기해변」)거나, '간호사의 하루는 누가 간호해주나'(「간호 일지7」), 'MRI 영상으로도 볼 수 없는 그 머릿속'(「스트레스」)처럼 소소한 일상을 섬세한 감각으로 접근, 언어의 습관적 배치를 뛰어넘는 시적 에너지를 보여준다. 시집말미에 붙인 시인의 산문 중에 '창조적인 예술가들은 그 외로움을 잘 견디어 낸 사람들이다. 나도 이제는 글루미족처럼 외로움도 즐겨야겠다. 그것도 아주 멋지게 말이다.'가 눈에 들어온다. 그러나 '첫 비행기 막 비행기 하늘까지 전세 놓고(「안세미오름」) 시인은 지금 가을을 타고 있다. 뿔이 있는 동물에겐 날카로운 이가 없듯이, 사나운 이를 얻은 동물은 들이박을 뿔이 없는 법, 물 좋고 반석 좋은 곳이 어디 있던가. 윤시인 특유의 깊고 맑은 시정신이 한 세계를 늠늠하게 열어갈 것을 믿는다. - 이승은(오늘의시조시인회의의장)

■ 대표전화 031) 253-2575  ■ E-mail : poetbooks@naver.com
homepage : http://cafe.daum.net/yadan21

문학과 사람

오승철 시조집

# 사람보다 서귀포가 그리울 때가 있다

## 서귀포

사람보다 서귀포가 그리울 때가 있다
"오 시인, 섶섬바당 노을이 뒈싸졈져"
노 시인 그 한 마디에 한라산을 넘는다

약속은 안했지만, 으레 가는 그 노래방
김 폴폴 돼지 내장
두어 접시 따라 들면
젓가락 장단 없어도 어깨 먼저 들썩인다

'말 죽은 밭'에 들어간 까마귀 각각 대듯
한 곡 더 한 곡만 더
막버스도 놓쳤는데
서귀포 칠십리 밤이 귤빛으로 익는다

아무래도 서귀포에 가야겠다. 시집 속에 나오는, 그립고 서럽고 외로운 처처곳곳을 아무래도 직접 봐야겠다. "누게 가렌 헤시카(누가 가라 했나) 누게 오렌 헤시카(누가 오라 했나)"라는 슬픔의 애잔함에도 상傷하지 않고, 기쁨에도 지나침이 없어 현현玄玄으로 육화한, 뮴빛 그윽한 무늬를 찾아봐야겠다. 그러니 시집 『사람보다 서귀포가 그리울 때가 있다』한 권 들고 제주도를 가야겠다. 제주도를 제대로 보고 와야겠다.

진시황의 사자使者 서불이 불로초를 구하러 이곳을 다녀갔다 해서 서귀포가 됐다는 "서불과지徐市過之"의 설說은 아무래도 틀렸다. 내 보기에 "승철과지承哲過之"라야 맞겠다. 서귀포에서 나고 자란 오승철 시인은 발이 닳도록 서귀포를 돌고 또 돌고, 서귀포를 노래하고 또 노래하고 있지 않은가. 그의 시가詩歌가 있어서 "서귀포 칠십리 밤이 귤빛으로 익는" 거 아닌가. – 박제영(시인)

황금알  서울시 종로구 이화장2길 29-3, 104호(동숭동)
TEL 02-2275-9171  FAX 02-2275-9172